세일러복을 입은
연필

MURAKAMI ASAHIDO NO GYAKUSHU
by Haruki Murakami

세일러복을 입은 연필

무라카미 하루키 지음 | 안자이 미즈마루 그림
김난주 옮김

문학동네

일러두기

1. 주석은 모두 옮긴이주입니다.
2. 본문 중 방점은 원서의 표시에 따른 것입니다.

차례

자유업의 문제점에 대하여

자유업이라고 하면 도심에서는 왠지 화려한 직종으로 여기는 경향이 있어서, 다 큰 사내가 대낮부터 빈둥빈둥 놀러다녀도 눈총을 주는 일이 거의 없다. 그러나 나처럼 도심을 떠나—실은 도심지의 집값이 하도 비싸 밀려난 거지만—교외의 중소도시를 전전하는 인간에게는 제법 신경이 많이 쓰인다.

우선 첫째로 사람들이 안타깝게도 '자유업'이란 직업의 개념을 이해하지 못한다. 그중에서도 제일 싫은 것이 보너스 시즌 때의 은행이다. 다른 게 아무리 싫다 해도 그것처럼 싫은 건 없다.

의자에 앉아 창구에서 부르기를 기다리고 있노라면 반드시 은행원이 다가와 "보너스는 어떻게 하실지 결정하셨습니까?" 하고 묻는다. 그런 걸 정했을 턱이 없으니 "아뇨"라고 하면 "그러

시면 우선 이런 정기예금에 넣어두시고, 이러쿵저러쿵" 말을 시작하기 일쑤다. 그래서 "아, 저는 보너스가 없습니다"라고 말하면 상대는 어김없이 "넷?" 하며 공허한 눈으로 나를 본다. 비유하자면, 비에 젖어 지금 당장 무너져내릴 듯한 길가의 폐옥이라도 바라보는 눈길이다.

그 시점에서 "아, 예, 실례했습니다" 하고 물러나는 사람도 있다. 그러면야 별로 상관없지만, 절반 정도는 그렇지 않다. 내가 은행에 가는 건 대개 아침 아홉시나 열시쯤의 비교적 한가한 시간대라, 상대편도 할 일이 없는 것이다.

그다음에 대부분은 "그럼, 죄송하지만, 직업이 어떻게 되시는

지요?" 하고 묻는다. "자유업입니다"라고 대답하면 은행원은 그래도 잘 모르겠다는 표정을 짓는다. "목수십니까?"라고 묻는 사람도 있다. 하기야 조깅 바지에다 고무 슬리퍼를 신고 선글라스까지 끼고서 은행에 오는 나에게도 좀 문제가 있지만, 그렇다고 자유업→목수라는 극단적인 발상을 할 것까지야 없지 않은가. 당최 목수가 자유업이긴 한가?

그래서 할 수 없이 "음, 문필업文筆業인데요"라고 하면, "아, 그러십니까. 토지를 분필分筆하는 일을 하시는군요" 하는 사람도 있다. 이것도 이해가 잘 안 간다. 과연 은행원의 발상으로는 앞뒤가 맞는 것 같지만, '분필업'이란 직종이 세상에 있답니까? 직업별 전화번호부를 뒤져보았지만 그런 직업은 어디에도 없었다. '분비업分泌業'도 없고, '문궤업聞櫃業'도 없다.* 문필업이라고 하면 당연히 글 쓰는 일 아닌가.

하지만 귀찮아서 "저술업이오"라고 고쳐 말하면 상대방도 그때쯤엔 대충 알아먹는다. "나오키상 같은 거 받으면 상금은 저희 은행에다 맡겨주시죠. 하하하" 하며 사라지는 사람도 있다. 이런 사람은 대체 어떻게 생겨먹은 신경의 소유자일까? 아마 친절하게도 격려해주려는 뜻이리라 생각은 하지만, 내 입장에서

* 문필업과 분비업, 문궤업 모두 일본어 발음이 같다.

는 누가 상금으로 저금 따위를 하랴 싶기도 하다.

그러나 이것도 그나마 양호한 편이고, 심하면 "저술업입니다"라고 해도 이해를 못하는 경우가 있다. "아, 그러십니까. 저술업요" 하기에 이제 겨우 얘기가 통했나보다 하고 있으면, "그럼 졸업하시고 보너스 받는 달에는 꼭 저희 은행으로 와주세요" 어쩌고 해서 맥이 탁 풀린다. 서른여섯 살 먹은 남자를 붙잡고 무슨 졸업 타령인가 싶다. 뭐 은행에도 은행 나름의 가치관이 있고 세계를 파악하는 방식이 있을 테지만, 난 잘 모르겠다. 어찌됐든 보너스 시즌에는 가능한 한 은행 가까이에 가지 않으려 유념한다. 신통한 일이 하나도 없었으니까.

그러나 같은 은행을 이삼 년씩 다니다보면 상대방도 그럭저럭 내 얼굴을 기억해서, 보너스 시즌이 되어도 '저 사람은 별 볼일 없어' 하며 아무도 다가오지 않는다. 참고 견디면 복이 온다더니, 거듭되는 세월이란 이리도 귀중한 것이다.

내가 작년까지 삼 년이나 다녔던 교와 은행 기타나라시노 지점의 한 은행원 같은 경우는 내가 쓴 소설을 읽고 독서 감상문을 써서 사내 콩쿠르에서 상을 받았다고 한다. 한마디로 은행 안에도 분명 다양한 사람이 존재하는 것이다. 그러나 나는 이사 마니아라, 이사할 때마다 각지의 은행에서 "저, 죄송하지만 직업은?" 하는 질문을 몇 번이고 되풀이해 들어야 한다. 정말 피곤하다.

교외의 주택가는 솔직히 말해 샐러리맨의 소굴 같은 곳이다. 아침 아홉시가 지나면 집배원이나 채소 가게 아저씨 정도를 제외하고 성인 남자의 모습을 전혀 찾아볼 수 없다. 남아 있는 건 아주머니들과 어린아이들뿐이다. 그런 동네를 어슬렁어슬렁 한가하게 산책하며, 게임센터에 들어가거나 냄비를 들고 두부를 사러 가는 형편이니, 주위 사람들이 그리 좋게 보지 않는 게 당연할지도 모르겠다. 슈퍼마켓에서 물건을 사려면 계산대에서 앞뒤로 바겐세일하는 생리용품을 박스째 사들인 부인네들 사이에 끼여, '뭐야, 대낮부터 남자가 이런 데를 오다니' 하는 눈총을 받는 게 고작이다.

자유업이란 것도 여러모로 애로사항이 많다. 그래도 자유업을 희망하는 사람이라면, 역시 도쿄의 미나토구 같은 도심 한복판에 사는 편이 무난할 듯하다.

신구 게임

정신분열증 ↔ 과대망상증이니, 아름다움 ↔ 돈이니 하는 여러 가지 구분—이런 걸 차이화라고 한단다—이 항간에 유행하고 있는데, 이런 현상은 비단 일본에 국한된 것이 아니다. 미국만 해도 힙 ↔ 스퀘어, 쿨 ↔ 언쿨 하는 등의 구분이 지금껏 수없이 많이 존재했다. 이런 종류의 게임에서 나름의 재미를 찾는다면, 그것은 이런 구분 리스트를 농담 또는 패러디로 받아들이는 사람과 의외로 진지하게 받아들이는 사람의 의식의 낙차에 숨겨져 있지 않을까 나는 생각한다.

미국의 업계 사람들 사이에서는 꽤 유명한 〈인터뷰〉라는 잡지가 있다. 발행인은 앤디 워홀이고, 광고가 유달리 많다. 이 잡지는 판형이 너무 커서 늘 어디에 보관해야 할지 골치인데, 그건 뭐 이 글과는 관계없는 얘기다.

며칠 전 이 〈인터뷰〉지를 읽는데 '지금 세련된 것은 무엇인가'라는 상당히 흥미로운 칼럼이 실려 있었다. 요컨대 다양한 세상사를 'OUTSKI(뒤처졌다)'와 'INSVILLE(앞서간다)'로 나누어 리스트를 작성한 것이다. 와타나베 가즈히로 씨의 선별 시스템을 빌리자면 신新과 구舊인 셈이다. 미국의 최신 문화를 다룬 거라 개중에는 무슨 소린지 알 수 없는 항목도 있지만, 일단 아는 것만 쭉 열거해본다. 앞이 '구'이고, 뒤가 '신'이다.

마리화나 → 아스피린

습관성 마약 → 정사

NY 양키스 → NY 메츠

〈배너티 페어〉 → 〈애틀랜틱〉

레게 → 메렝게(아, 그립다)

쿨 → 민감함Responsive

클럽 → 레스토랑

일본식 → 타이식

영국 → 독일

조깅 → 팀 스포츠

인디애나 존스의 중절모 → 야구 모자

팜비치 → 마이애미비치(이유는 잘 모르겠다)

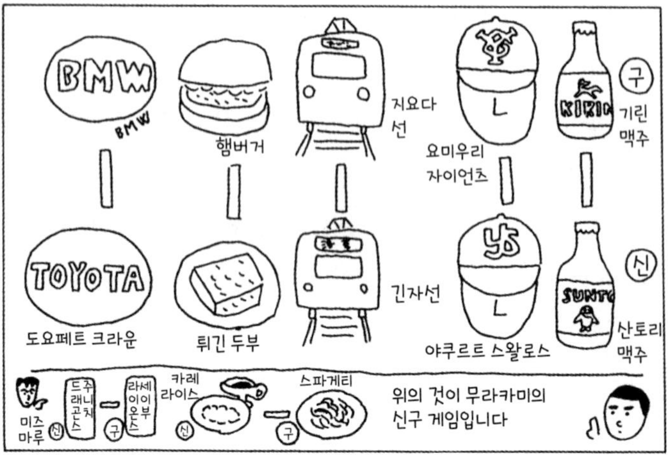

댄스 → 오페라

노먼 메일러 → 고어 비달

록 콘서트 → 오프브로드웨이

〈뉴욕 타임스〉 → 〈월 스트리트 저널〉

다이어트 → 미식

롤렉스 → 스워치(저렴한 스위스제 시계)

……이런 식이다. 이중에는 그럴 법하게 느껴지는 것도 있고, 무슨 얘긴지 모르겠다 싶은 것도 있다. 마리화나나 코카인을 사양하고 아스피린을 먹으며, 클래시컬한 사랑에 빠져 〈월 스트리트 저널〉(〈닛케이신문〉과 다소 비슷하다)을 읽고, 오페라를 관

람하러 다니면서 뉴욕 메츠를 응원하는 것이 지금 뉴욕의 선진적 인간의 모습인 듯하다.

그러나 그렇다고 해서 바로 어제까지 디스코텍을 들락거리던 인간이 하루아침에 메트로폴리탄 가극장에 〈마술피리〉를 보러 가거나, 어제까지 매일 아침 10킬로미터를 조깅하던 사람이 갑자기 수구水球 팀에 들어가는, 그런 일은 결코 있을 수 없다. 낡은 것이라 해도 좋은 것은 좋고, 새로운 것이라 해도 싫은 것은 싫다고 생각하는 게 정상적인 인간의 생활감각이다. 더구나 이런 리스트는 하늘의 구름과 같은 것이라, 올려다볼 때마다 그 모양이 변해 있을지도 모르는 노릇이다.

그렇지만 처음에 썼듯이 게임으로는 상당히 재미있다. 예를 들면 나는 산토리 맥주를 마시며 야쿠르트 스왈로스를 응원하는데, 이런 것들로도 나만의 신구 리스트를 만들 수 있다.

기린 맥주 → 산토리 맥주

요미우리 자이언츠 → 야쿠르트 스왈로스

……이런 식으로,

지요다선 → 긴자선

버섯 → 순채

햄버거 → 튀긴 두부

BMW → 도요페트 크라운

……등등 얼마든지 계속할 수 있다. 이 리스트에 딱히 근거라고 할 만한 것은 없다. 그저 문득 떠올랐을 뿐이다. 긴자선은 깜빡 불이 나가는 점이 좋고, 순채는 버섯보다 맛있다. 내가 아는 어느 아름다운 여성은 도요페트 크라운을 몰고 다니며, 우리 집 근처에 있는 '오노 두부 가게'는 튀긴 두부가 일품이다. 그 정도다.

그러나 이런 식으로 꼼꼼하게 목록을 작성해보면 내가 제법 최첨단적인 생활을 하는 듯한 기분이 드니 참 묘한 일이다. 한번 시작하면 습관적으로 계속할 것 같다. 세상 사람들이 너나없이 죄다 이런 리스트를 만들어서, "아니, 아직도 달걀덮밥 먹어? 이제는 튀김덮밥 시대라고"라든가, "워드프로세서? 뭘 모르시네. 요즘엔 잠자리표 연필이 제일 멋있다니까"라는 둥 각자 자신감을 갖고서 저 하고 싶은 대로 살게 된다면, 제법 흥미로울 듯하다.

기린 맥주를 나쁘게 얘기했는데, 그뒤에 나온 파란색 라벨은 나도 제법 좋아합니다. 기린 맥주에서 일하시는 분들, 미안합니다. 뭐, 극단적으로 말해 거품만 나면 좋긴 합니다.

철도 파업에 대하여

이런 발언을 하면 전철로 통근하는 분들이 혹 불쾌하게 여기실지 모르겠지만, 나는 분명하게 말해 '철도 파업'이라는 걸 좋아한다.

그렇다고 뭐 딱히 운수관계 노동자들을 지지한다든가 사회가 혼란스러워지는 게 좋다는 것은 아니고(사회가 혼란스러워지는 건 약간 좋아하지만), 그저 단순히 '평상시와 다른 일'이 생기는 게 기쁜 것이다. 역이 폐쇄되어 휑뎅그렁하고, 야마노테선의 육교 위에서 삼십 분씩이나 선로를 내려다보아도 열차가 한 대도 지나가지 않으면, 괜히 가슴이 두근두근한다.

좀더 자세하게 그런 심리를 분석해보면, 나는 똑같이 '평상시와 다른 일'이라도 여느 때 아무것도 없던 곳에 무엇이 생기는 쪽

보다, 여느 때는 무언가가 있던 자리에 아무것도 없게 되는 마이너스적 상황, 결락의 상황 쪽을 더 선호하는 듯하다. 그러니까 철도 파업 같은 경우는 내 취향에 딱 들어맞는다.

만약 반反 철도 파업이라는 것이 있어서 그날만 열차 수가 보통 때의 세 배쯤으로 늘어난다 해도, 그런 종류의 비일상성은 그다지 나의 관심을 끌지 못할 것이다.

옛날에 장사를 하던 시절, 철도 파업이 있는 날이면 손님이 거의 오지 않아 영업에 상당한 손실을 입었다. 그래도 그때 역시 개인적으로는 파업이 좋았다. 물론 돈이 들어오지 않는 건 괴롭지만 파업중이니까 어쩔 수 없지 뭐, 하는 심정으로 그런 날은 일찌감치 가게 문을 닫고 인기척 없이 휑한 도쿄 거리를 마음껏 걸어다녔던 것이다. 하라주쿠에서 시부야, 요요기에서 신주쿠로 걷고 있노라면 온 거리에 '오늘은 쉬는 날'이라는 여유로운 분위기가 떠돌고, 조용하고 사람도 적어 정말 좋다. 어째 '방과후' 같다는 느낌도 든다. 걷는 속도도 평소보다는 얼마간 느릿해져, '어, 느티나무에 새잎이 제법 많이 돋았군' 하는 등 보통 때는 잘 느끼지 못하던 부분에 문득 시선이 가기도 한다. 점심때가 지나 교섭이 타결되어 전철이 다시 움직이기 시작하면, 퍽 실망스럽다.

신문에 곧잘 "이제 파업은 지긋지긋합니다. 어떻게든 조처를 취해주면 좋겠습니다"라는 샐러리맨 A씨(38세)의 발언이나, "파업하는 날은 장사가 안 돼서 밥만 축냅니다"라는 따끈따끈 도시락 장사(45세)의 발언 같은 게 실리는데, 세상은 정말 그런 사람들로만 이루어져 있는 것일까? 하기야 뭐 파업 덕분에 몹시 피해를 입는 사람도 어느 정도 있겠지만, 대부분의 사람들은 '파업? 가끔씩은 괜찮지' 정도로 생각하지 않을까? 나처럼 '파업 대환영'이라고 단언하는 사람도 제법 많을 것이다. 하지만 신문에는 그런 유의 의견이 별로 실리지 않는다. 어째서일까?

"파업, 좋잖아요. 오래 이어졌으면 하는데요"라는 의견을 실으면 지면을 수습하기 어려운 탓인지도 모르겠다. 분명 수습하기 힘들 테지. 게다가 그런 걸 싣기 시작하면, 나아가 "태풍을 꽤 좋아한다"거나 "요인 암살은 유쾌하다"는 식의 의견까지 싣게 될지도 모른다. 그러나 노동자의 노동쟁의권은 일단(국철 문제는 제쳐두고) 법률로 보장되어 있으니까, 어떤 이가 '파업을 좋아한다'고 주장한다 해도 결코 윤리에 어긋나지는 않을 것이다. 태풍이나 요인 암살과는 성질이 다르다.

전에 국철 중앙선 선로변에 살았던 적이 있다. 그것도 웬만한 연변이 아니라 뒤뜰로 전철이 지나간다 해도 전혀 과장이 아닐 만큼 바로 코앞이었다. 말할 것도 없이 굉장히 시끄럽고, 따라서 집세도 싸다. 집세만 싸다면 좀 시끄러운들 상관없다고 생각하는 사람들이 사는 집이다.

그래서 우리(나와 내 아내)는 매년 철도 파업을 기다리는 게 낙이었다. 파업이 시작되어 열차가 레일에서 사라지면, 우리는 선로변에서 뒹굴며 한가롭게 햇볕을 쬐었다. 선로변에는 이런 저런 들풀이 자라 있고, 알록달록한 꽃들도 피어 있다. 하늘에서는 종다리가 재재거리고, 사방은 노아의 홍수가 휩쓸고 간 자리처럼 잠잠하다. 이대로 신석기시대로 돌아가는 것도 나쁘지 않겠다는 기분마저 들 정도였다.

지난번 파업 예정일 전날 밤에 거리를 어슬렁거리다가 아는 여자와 우연히 마주쳤다. 그래서 "아니, 이렇게 늦게까지 뭘 하고 있어?" 하고 물었더니, "내일 파업이 있잖아요. 그래서 회사에서 호텔을 잡아주었어요" 하기에, "그럼, 어디 같이 술 마시러 갈까" 하고 짝짜꿍이 맞았는데, 그때도 제법 즐거웠다. 개중에는 이런 찬스를 이용해 재수 좋게 오피스 러브에 열중하시는 분들도 틀림없이 있을 텐데, 물론 그런 사람들의 파업에 대한 개인적인 의견도 신문에는 실리지 않는다.

간사이 지방 사투리에 대하여

나는 간사이에서 태어나 간사이에서 자랐다. 아버지는 교토의 스님 자식이고 어머니는 오사카 센바의 장삿집 딸이니까, 100퍼센트 간사이 토박이라 해도 무방하다. 그러니 당연하게도 간사이 지방 사투리를 쓰며 살아왔다. 그 외의 언어는 말하자면 이단이며, 표준어를 구사하는 인간 중에는 쓸 만한 이가 없다는 몹시 내셔널리스틱한 교육을 받았다. 투수 하면 무라야마, 식사는 슴슴하게, 대학은 교토대학, 장어는 무조건 덮밥인 세계다.

그러나 어쩌다 와세다에 가게 되어(와세다대학이 어떤 학교인지도 거의 몰랐다. 그렇게 지저분한 곳인 줄 알았다면 아마 안 갔을 거다) 선뜻 내키지 않는 기분으로 도쿄에 올라왔는데, 어찌 된 영문인지 놀랍게도 내가 사용하는 언어가 일주일 사이에 거의 완전한 표준어—즉 도쿄 사투리—로 바뀌어버렸다. 나는 그런 말을 지금까지 써본 적도 없고 특별히 바꿔야겠다는 의식도 없었는데, 나도 모르는 새 그렇게 바뀌어버렸던 것이다. 문득 깨닫고 보니 "그렇게 설명해봤자 알 수 없다구" 하는 말투를 쓰고 있었던 것이다.

같은 시기에 도쿄로 올라온 간사이 친구들로부터 "너 말투가 그게 뭐냐, 그냥 간사이 사투리 써라, 엉터리 같은 말투 말고" 하는 비난을 받았지만, 이미 바뀌어버린 것은 어쩔 도리가 없다.

나는 언어는 공기와 비슷한 것이라고 생각한다. 어느 지역에나 그곳만의 공기가 있고 그 공기에 맞는 언어가 있어, 웬만해서는 그것을 거역할 수 없다. 먼저 악센트가 바뀌고, 그다음으로 어휘가 바뀐다. 이 순서가 반대가 되면 언어를 쉽사리 마스터할 수 없다. 어휘란 이성적인 것이고 악센트는 감성적인 것이기 때문이다.

그런고로 나는 간사이로 돌아가면 역시 간사이 사투리를 쓴다. 신칸센 고베 역에 내리면 첫마디부터 벌써 간사이 사투리로 돌아와 있다. 그러면 이번에는 거꾸로 표준어가 입에서 안 나온다. 친구는 "네 간사이 사투리 어째 좀 이상한데"라고 하지만, 지금 막 도착했으니 별수없다. 일주일 정도 있으면 완벽한 간사이 사투리로 돌아갈 것이다.

내 아내는 3대 넘게 야마노테선 내족(이라고 하는 모양이다)* 인데, 그녀도 한동안 간사이에 가 있으면 곧바로 간사이 사투리에 물들어서는, "죄송하지만, 여기 가려면 어떻게 하죠?" 같은 말을 간사이 사투리로 사람들에게 묻곤 한다. 남 말 할 계제는 아니지만 곁에서 보고 있으면 놀랍다. 언젠가 함께 이치카와 곤 감독의 〈세설〉**을 보고 난 뒤에도 악센트가 원래대로 돌아가지 않아 한참을 애먹었다.

간사이 지방을 무대로 한 영화를 보면 배우 중에도 사투리 습득에 능란한 사람과 서투른 사람이 있는 게 보여 제법 흥미롭다. 능란한 사람은 공기처럼 사뿐히 억양을 체득하고, 서투른 사람은 지나치게 어휘에만 의존함을 알 수 있다. 이런 경향은 천부적인 것인지도 모르겠다.

최근에 본 영화를 예로 들자면 〈세설〉은 언어상으로 그럭저럭 합격이고, 〈도톤보리강〉은 한심했다. 옛날 것으로는 〈부부단팔죽〉이라는 훌륭한 간사이 사투리 영화가 있다. 그러나 물론 이런 차이는 네이티브 스피커가 아니면 알 수 없다. 도치기 사람들은 〈원뢰遠雷〉를 보고 저런 건 도치기 사투리가 아니라고 하는

* 야마노테선은 도쿄 중심부를 동그랗게 둘러싸고 있는 순환선이므로, 줄곧 그 안쪽에서 살았다는 건 도쿄 토박이라는 뜻이다.

** 다니자키 준이치로의 동명 소설을 영화화한 것으로, 오사카 센바가 무대다.

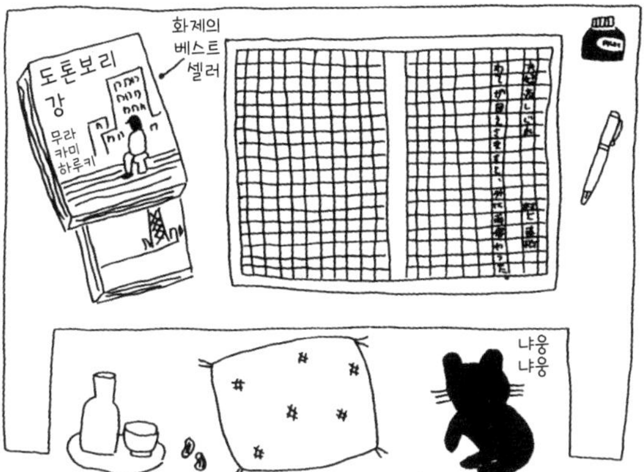

간사이에 있는 무라카미 하루키 씨의 작업실

고양이도
간사이 사투리를 씁니다

데, 나는 왜 그렇다는 건지 전혀 이해할 수가 없다.

외국어를 습득하는 것도 대충 이와 비슷하다. 일본에서 암만 영어 회화 공부를 해도, 실제로 외국에 가보면 언어란 그런 인위적인 습득과는 상당히 다른 구조로 성립되어 있음을 알 수 있다. 나는 어쨌든 번역 같은 것도 할 정도니 영어를 읽고 이해하는 데는 무리가 없지만 회화가 영 서툴러서, 작년에 처음으로 미국 여행을 가기 전까지는 거의 한 마디도 영어로 말해본 적이 없다. 학교의 영어 동아리나 회화 학원 같은 곳에서 모두들 영어로 토론하는 현장을 목격하면 한기가 들어서 — 이것은 물론 편견입니다, 죄송 — 도무지 영어 회화를 공부해볼 마음이 들지 않았던 것이다.

하지만 한 일주일 정도면 익숙해지겠지 생각하고 무작정 가봤더니 역시 그곳에도 그곳만의 공기 같은 게 있어서, 별다른 불편 없이 한 달 반을 지내며 많은 작가들과 인터뷰까지 했다. 이런 것은 역시 적응력의 문제라고 생각한다. 그러므로 일본에 돌아오면 또다시 영어로 말하기가 어려워진다.

간사이 사투리 얘기로 돌아가서, 나는 아마도 간사이 지방에서는 소설을 쓰기 힘들 듯하다. 간사이에 있으면 아무래도 간사이 사투리로 생각하게 되기 때문이다. 간사이 사투리에는 간사이 사투리만의 사고 시스템이 있어서, 그 시스템에 갇혀버리면 문장의 뉘앙스나 리듬, 발상이 도쿄에서 쓰는 것과 전혀 달라지고, 심하면 내가 쓰는 소설의 스타일까지도 싹 바뀔 수 있다. 내가 줄곧 간사이 지방에 살면서 소설을 썼다면 지금과는 꽤 다른 분위기의 소설을 썼을 것 같다. 그편이 더 나았겠다고 한다면 좀 슬프지만.

영화관에 대하여

장편소설 작업이 간신히 마무리되고, 교정쇄의 교정도 다 보고, 이제 책이 출판되기를 기다리는 것만 남은 때가 내게는 가장 즐겁고 또 마음이 평온한 시기다. 쓰고 싶은 건 일단 다 썼고 서둘러 해야 할 일도 없으니—라면서 때로는 생활을 위해 이런 원고를 쓰기도 하지만—멍하니 봄볕을 쬐며 매일 고양이와 툇마루에서 논다. 나는 내가 쓴 글이 활자로 찍혀 세상에 나오기 전까지는 도무지 다음 소설에 착수하지 못하는 성격이라, 몇 개월쯤은 싫든 좋든 이렇게 빈둥거리며 지내게 된다.

이런 에어포켓과도 같은 공백 기간에는 대개 영화를 몰아서 본다. 최근에는 비디오테이프가 많이 보급되어 나도 곧잘 대여점 신세를 지지만, 이렇게 한가할 때는 역시 전철을 타고 영화관까지 출두해 캄캄한 어둠 속에서 스크린을 노려보다가, 돌아오는 길에 생맥줏집에서 한잔하는 게 제일이다. 영화관에서 영화를 보는 동안에는 아내가 "지금 다이앤 키튼이 입고 있는 저 스커트 멋있지 않아?"라며 옆구리를 쿡쿡 찌르는 일도 없고, "잠깐 좀 돌려볼래? 저 플로어 스탠드 비싸 보이네" 하는 일도 없다. 플로어 스탠드가 어찌됐든 나하고는 아무 상관 없지 않은가.

이번 봄에도 그런 연유로 정말 많은 영화를 봤다. 〈사구Dune〉를 보고, 〈2010 우주 여행〉을 보고, 〈터미네이터〉와 〈테러리스트〉를 보고, 〈네버엔딩 스토리〉를 보고(왜 제목을 원제 그대로 썼을까?), 〈아마데우스〉를 두 번 보고, 〈폴링 인 러브〉와 〈결혼의 위기〉를 보고, 〈베스트 키드〉를 보고, 바빠서 놓쳐버린 〈침실의 표적〉과 〈젊은 용사들〉(이 영화는 〈에스콰이어〉 선정 1984년 워스트 필름이다)을 재개봉관에서 보충하고, 오랜만에 일본 영화도 보고…… 그야말로 닥치는 대로 봤다. 이렇게 연달아 영화관에 출입하고 나면 과연 영화를 봤다는 보람 같은 게 느껴진다.

영화라는 것은 턱하니 의자에 앉아 머리를 텅 비워놓으면 알아서 쑥쑥 앞으로 나아가주니 무척 편하다. 연극이나 콘서트 같으면 '오늘은 좀 흥이 덜하지 않나'라든지, '어디 불협화음이 나는 것 같은데'라든지, '박수는 이 정도면 될까'라든지, 나름대로 신경을 써야 하니까 머리를 완전히 비우기가 쉽지 않다. 그러니

까 기분이 착 가라앉았을 때는 아무 해가 없는 할리우드 영화를 멍하니 보고 있는 게 제일이다. 자극을 받거나 하면 오히려 불쾌해지기도 한다. 이번에 본 영화들은 어느 것이나 비교적 재밌고 자극적인 부분도 없어 즐거운 시간을 보낼 수 있었다.

트루먼 커포티는 자기 소설에서 영화를 종교적 의식에 비유했는데, 그러고 보니 그런 것 같기도 하다. 어두컴컴한 공간에서 홀로 덩그러니 스크린과 대치하고 있자면 왠지 나의 혼이 어떤 잠정적인 장소에 보류된 듯한 기분이 든다. 그리고 몇 번이나 계속 영화관을 드나드는 사이, 그런 기분이 내 인생에서 빼놓을 수 없는 하나의 중요한 요소가 아닐까란 생각이 들기 시작한다. 이런 게 소위 시네마딕트(영화 중독)라는 것이다.

내게도 한때 거의 매일같이 영화관을 드나든 시기가 있었다. 마침 학원분쟁으로 소란스럽던 무렵이라 강의 따위는 거의 없었으므로, 자취방과 아르바이트하는 가게와 영화관이라는 트라이앵글을 뱅글뱅글 맴돈 거나 마찬가지였다. 물론 매일 새로운 영화를 볼 수 있을 만큼 개봉 편수가 많지 않으니까 결국 같은 영화를 몇 번씩 거듭해 보거나, 도저히 구제 불능인 B급, C급 영화를 빼다귀라도 쪽쪽 빠는 기분으로 보게 된다. 그러고 있노라면 꿈속에서 MGM의 심벌마크인 사자가 어흥 울기도 하고, 도에이의 파도가 부서지기도 하고, 20세기폭스의 조명이 배경음악과 함께 회전하기도 한다. 여기까지 오면 그야말로 완전한 병이다.

지금 돌이켜보면 신기하게도 소위 '명작'이라는 영화보다, 볼 게 없어 하는 수 없이 거듭해 본 영화나 명명백백하게 내용이 없는 작품 쪽이 훨씬 더 기억에 잘 남아 있다. 별 내용이 없는 B급, C급 작품은 소위 '명작'과 달라서, 보는 사람이 어떻게든 좋은 부분을 찾아내려고 애쓰며 보지 않으면 순전히 시간 낭비일 뿐이다. 그래서 그런 긴장감이 그대로 가슴에 뚜렷이 새겨져 먼 훗날까지도 기억에 남아 있는 것은 아닐까? 영화를 보는 방법도 실로 여러 가지가 있다.

이번에 본 영화 중에서 이런 B급, C급 영화 감상의 묘미를 맛보게 해준 것은 뭐니뭐니해도 존 밀리어스 감독의 〈젊은 용사들〉이다. 다들 이 영화를 두고 호전적이고 황당무계하다고 비판하는데, 물론 그렇기는 하지만 꼼꼼하게 보면 제법 재미있는 구석이 있다. 내가 가장 재미있게 생각한 것은 미국이 소련과 쿠바 연합군에게 침략, 점령당하자 미국 소년들이 게릴라전을 펼치며 저항한다는 설정인데, 이것은 생각해보면 베트남전쟁 때의 미국의 입장과 위치관계가 정반대로 역전되어 있는 셈이다. 물론 설정 자체에 상당히 무리가 있어 작품 자체는 지리멸렬하지만, 생각하기에 따라서는 끈질기고 강인한 반전영화로 해석될 여지가 없지 않다.

나는 그렇게 '없지 않다'고 말할 수 있는 타입의 영화를 은근히 좋아합니다.

그후 〈젊은 용사들〉 비디오테이프를 사서 다시 보았는데, 역시 그렇게 나쁜 영화는 아니었다. 〈록키 4〉나 〈람보 2〉 같은 훨씬 노골적인 반공영화가 출현한 지금 와서 보면 어떤 장면은 품위 있기까지 하다. 밀리어스의 등장이 너무 빨랐던 게 아닐까.

다크블루 슈트

내가 태어나서 처음으로 양복을 입은 것은 열여덟 살이 되던 해다. 지금도 생생하게 기억하는데, VAN JACKET에서 나온 회색 헤링본 양복이었다. 와이셔츠는 흰색 버튼다운 셔츠, 넥타이는 검은색 니트 소재, 아이비 전성기의 얘기다.

나는 헤링본 무늬를 몹시 좋아해서 처음 맞추는 양복은 꼭 그걸로 하겠다고 늘 생각해왔는데, 막상 맞춰놓고 보니 헤링본 무늬 양복은 열여덟 살 소년에게 그다지 어울리지 않았다. 헤링본을 제대로 소화하려면 역시 나름의 연륜이 필요한 것이다.

두번째 양복은 결혼할 때 맞춘 수수한 올리브그린색의 영국식 스리피스로, 이번에는—내 입으로 말하긴 좀 뭣하지만—그런대로 잘 어울렸다. 당시에 찍은 사진을 보면 머리가 길고 지금

보다 훨씬 야위었으며 얼굴에는 굳은 결의 같은 것이 깃들어 있다. 스물두 살 때 일이다.

나는 취직이란 걸 해본 적이 없으므로, 세번째 양복이 생긴 것은 훨씬 시간이 흘러서다. 스물아홉 살에 우연히 응모한 작품이 『군조』라는 문예지 신인상에 당선(이라고 하나?)되어, 시상식에 참석하기 위해 일부러 여름 양복을 산 것이다. 그러나 그때는 양복에 대한 동경이나 집착이 이미 사라진 뒤라, 되도록 싼 것을 대충 골라 사려고 마음먹었다. 당시엔 나도 꽤나 고집이 있었던 지라, 고작 문예지의 신인상 시상식에 참석하려고 촐싹거리며 비싼 양복을 사랴 싶었던 것이다. 지금 생각하면 퍽 건방지게 느껴진다. 하긴 지금도 건방지긴 하지만, 젊은이들을 당해낼 수는 없다.

그래서 어떤 양복을 살까 하고 산책 삼아 아오야마 거리를 기웃거리자니, 옛날의 VAN 빌딩에서 폐업 세일 비슷한 것을 하고 있었다. 그런가, VAN도 망해버렸나? 하고 안으로 들어가보니, 단추가 세 개 달린 구식 면양복을 팔고 있었다. 올리브그린색에 가격은 만5천 엔이었다. 엄청나게 싸다. 그래서 그것을 사가지고 돌아와, 세탁기에 넣고 빨아 쭈글쭈글하게 만들어서 입고 헌 테니스화를 신고 시상식에 나갔다.

지금 나의 옷장—이라고 할 만한 것도 못 되지만—에는 양

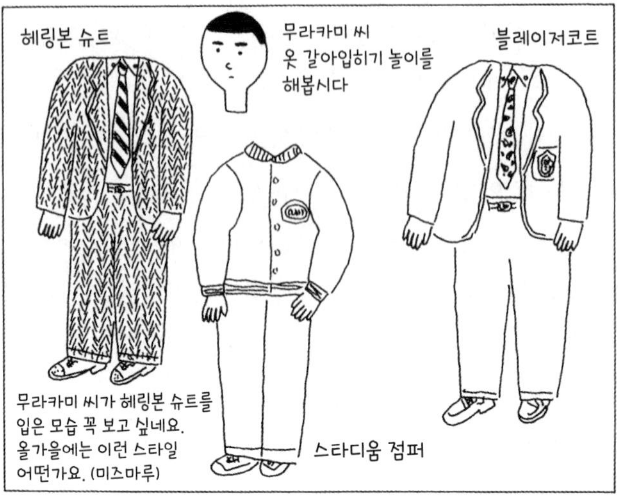

복이 한 벌뿐이다. 폴 스튜어트에서 산 검은색 양복이다. 이건 순수한 관혼상제용으로, 아직 한 번밖에 입지 않았다. 앞으로도 양복을 사는 일은 아마 없을 것이다. 살면서 그렇게 성가신 옷은 가능하면 입지 않는 게 최선이라고 나는 생각한다. 값도 비싸고, 움직이기에도 불편하고, 쉴새없이 스타일이 바뀌고, 드라이클리닝비도 든다. 아주 드물게 오늘은 한번 양복을 입고 나가볼까 싶을 때가 있는데, 두 시간쯤 걸어다니면 '아아, 짜증난다. 내가 왜 이런 걸 입고 나왔지' 하며 두고두고 후회한다. 양복이란 정말 부자연스러운 옷이다.

넥타이를 졸라맬 필요가 있을 때는 항상 블레이저코트로 때

운다. 나는 브룩스 브라더스의 블레이저코트를 좋아해서 이래저래 여섯 벌이나 갖고 있다. 넥타이를 매는 것은 두 달에 한 번 꼴이니까 좀 많이 산 듯한 감도 없진 않지만, 도무지 의복비가 들지 않는 생활을 하고 있으니 이 정도 사치는 부려도 좋으리라. 다만 더블브레스트 블레이저코트를 입고 호텔 로비에 멍하니 서 있으면 사람들이 호텔 매니저인 줄 착각하는 경우가 더러 있다. 오사카의 로열 호텔에서는 세 번이나 불러세워져 정말이지 넌덜머리가 났다. "이봐, ○○○실 준비 다 됐나?" 하고 말이다. 그런 걸 내가 알 턱이 없잖은가.

양복 이야기와는 관계없지만, 나는 여기저기서 심심찮게 다른 사람과 혼동당하는 불상사를 겪는다. 한번은 이케부쿠로의 도부 백화점에서 쇼핑을 하고 있는데 아르바이트생으로 착각했는지 좀 높은 사람으로 보이는 아저씨가 "이봐, 자네 왜 명찰 안 달았나!" 하고 호통을 친 적이 있다. 하도 어이없는 일이라 내 쪽도 당황해서 "네, 넵!" 하는 사이에 상대방은 어딘가로 사라지고 말았다. 도부 백화점에 딱히 원한이 있는 것은 아니지만, 그때 일은 지금 생각해도 묘한 체험이었다.

여담은 그만하고 양복 이야기로 돌아가서.

나 자신은 거의 양복을 안 입지만, 양복을 멋지게 차려입은 사람을 보는 것은 나름대로 꽤 기분좋은 일이다. 그러나 그러려면 역시 연륜이 쌓여야 하고 철학도 필요할 것이다. 나는 둘 중 어느 쪽도 없으니, 양복을 멋지게 차려입기가 좀처럼 수월치 않다.

미국 화장품업계의 거물이었던 고故 찰스 레브슨은 평생 다크블루 슈트밖에 입지 않았다고 한다. 빌 피오라반티라는 테일러에게 약 이백 벌 정도의 다크블루 슈트를 만들게 하여 그걸 차례대로 돌려가며 입었다고 하니까, 그 정도 되면 철학의 영역을 훨씬 뛰어넘었다 해야 할 것이다. 〈에스콰이어〉에 의하면 다크블루색은 일종의 권위나 힘을 부각시키며, 그 색깔의 옷을 입은 사람에게 '지금 열심히 뛰고 있다!'란 인상을 부여한다고 한다. 과연 당대에 레브슨 제국을 구축한 사람답게 색에 대한 감각이 날카롭다.

그 얘기를 읽은 뒤로 거리에 나가면 유심히 사방을 둘러보곤 하는데, 다크블루 슈트를 말쑥하게 차려입은 신사는 웬만해선 찾아보기 힘들었다. 아닌 게 아니라 다크블루 슈트를 촌스럽지 않게 소화하기란 까다로운 일이겠지.

소문!

소문이란 그 나름으로 무척 재미있는 존재다. 나는 교우관계가 폭넓은 편이 아니라 — 정확히 말하면 좁다 — 그런 일이 흔치 않지만, 그래도 가끔 사실과는 전혀 무관한 나에 대한 소문이 귀에 들어올 때가 있다. 고맙게도 지금껏 그다지 나쁜 소문은 없었고, "무라카미가 BMW를 산 것 같던데"라든가(살 턱이 없잖아), "무라카미는 튀긴 두부를 하루에 세 모나 먹는대"라든가(한 모밖에 안 먹는다) 뭐 그런 정도다.

영문을 알 수 없어 "어째서 내가 튀긴 두부를 하루에 세 모나 먹어야 한답니까?" 하고 상대방에게 물어봤더니, "허 참, 잡지 인터뷰에서 그렇게 대답하지 않았습니까"란다. 곰곰 생각해보니 과연 그런 말을 한 기억이 난다. 인터뷰 질문 내용은 대개 엇

비슷하게 마련이라, 몇 번씩이나 듣다보면 지겨워서 간혹 입에서 나오는 대로 아무렇게나 대답하는 경우가 있다. "좋아하는 음식이요? 튀긴 두부입니다. 하루에 세 모는 먹죠, 아마" 뭐 이런 식으로. BMW 얘기도 어디에선가 농담 삼아 했을지도 모르겠는데 전혀 기억이 안 난다. 이런 식으로 세상을 얕잡아보며 살다가는 언젠가 호된 일을 당할 것 같은 기분이 든다. 어찌됐든 내 인터뷰 기사는 그다지 믿지 말고 적당히 읽어주세요. 이따금 다시 읽어보다 스스로도 어이가 없어지곤 할 정도니까. 하기야 "연 수입은?"이란 질문에 곧이곧대로 대답하는 사람은 없지 않을까.

그건 그렇다 치고, 해가 되지 않는 소문이란 참 재미있다. 문단에도 갖가지 소문이 무성하다. 가끔 편집자를 만나면 "실은요 무라카미 씨, 우리끼리만 하는 얘긴데요—" 하면서 하나둘 업계의 소문을 들려주어서, "오호, 그런 일도 있나" 하며 사회에 참여한 듯한 기분에 젖는다. 그러나 물론 그런 것은 빙산의 일각 중에서도 또 부서진 조각과 같은 것으로, 신주쿠 골든가에 어떤 얼음 기둥이 솟아 있는지는 내 알 바가 아니다.

펭귄북스에 『RUMOR!』란 책이 있다. 미국에 유포되어 있는 무수한 소문이 진짜인지 아닌지 자세하게 해설해놓은 꽤 재미있는 책인데, 이걸 읽다보면 세상에는 참으로 별의별 소문이 많다며 감탄하게 된다.

예를 들어 '존 델린저의 페니스는 너무 큰 나머지 스미소니언 박물관에 보관되어 있다'는 것은 거짓말이고, '아인슈타인의 뇌는 위치토의 의사가 병에 넣어 보관하고 있다'는 것은 사실이다. 아인슈타인은 자신의 사후 뇌를 연구용으로 써달라는 말을 남기고 죽었는데, 그게 돌고 돌아 위치토까지 흘러가서는, 병에 담겨져 사이다 박스 안에 처박혀 있다는 것이다.

'1943년에 주조된 1센트 동전을 포드사에 가져가면 새 차 한 대를 준다'는 소문도 있는데, 이건 헛소문이다. 그러나 1943년에 주조된 1센트 동전은 매우 희귀품이라 실제로 새 차 한 대를 살 수 있을 만한 가격으로 거래된다고 하니, 완전히 헛소문이라고는 할 수 없다.

미국판 〈플레이보이〉지 표지 제목자 중 P자에 조그만 별이 몇 개씩 찍혀 있는데(1978년 이전의 〈플레이보이〉를 갖고 계신 분은 확인해보세요), 이건 편집장 휴 헤프너 씨와 플레이메이트의 그달 섹스 횟수를 나타내는 거라 믿는 사람도 많았다. 그러나 이건 — 아쉽게도 — 헛소문이다. 〈플레이보이〉는 지역이나 용도에 따라 판을 달리하는데, 별의 수는 그 표시였던 것이다.

문학에 관계된 것으로는 '토마스 핀천은 J.D.샐린저의 필명이다'란 가공할 소문이 있다. 이것은 100퍼센트 거짓말로, 순전히 헛소문이다. 샐린저는 자기 집에서 통 밖으로 나오지 않고, 핀천은 사진 한 장 공개하지 않고 사람들 앞에 모습을 드러내지도 않은 탓에 이런 소문이 떠돌게 된 것이다. 이렇게 말하는 나도 비밀 필명을 두 개 정도 갖고 있지만.

'코미디언 제리 루이스는 프랑스에서 채플린에 비견될 만큼 높은 평가를 받는다'는 소문은 사실이다. 그 이유는 잘 모르겠지만, 저자는 필경 프랑스인이 와인을 너무 많이 마시는 탓일 거라고 써놓았다.

그리고 구리코 모리나가 사건*을 봐도 알 수 있듯, 식품 관계 회사는 근거 없는 헛소문의 희생양이 되기 쉽다. 예를 들면 맥도

날드 햄버거에 들어 있다고 소문난 것만 해도 고양이 고기, 캥거루 고기, 거미 알, 벌레의 유충 등등 이루 헤아릴 수가 없다. 그렇기 때문에 맥도날드사는 광고에다 굳이 '100퍼센트 쇠고기'임을 강조하는 것이다.

며칠 전 여자 편집자에게서 "무라카미 씨도 제법 심술궂다면서요, 싫다"라는 말을 들었는데, 그 소문의 발생지를 더듬어본즉 아니나 다를까 안자이 미즈마루 씨였다. 정말 곤란하다고요, 그런 장난.

* 1955년 오카야마에서 모리나가 분유에 함유된 비소가 원인이 되어 유아 네 명이 사망한 사건.

왜 나는 이발소를 좋아하는가

요즘의 젊은 남성들은 대부분 유니섹스 미용실에 가서 머리를 자르는 모양인데, 나는 옛날 그대로의 이발소를 선호하는 편이다. 도대체가 개성이 없는 천편일률적인 머리 모양을 만들어 놓는다는 까닭도 있지만, 미용실에 가지 않는 가장 큰 이유는 여자 손님들 옆에 앉아 머리를 깎고 감고 하는 게 아무래도 불편하기 때문이다. 게다가 머리카락에 세트를 말고 있거나 얼굴 면도를 하거나 건조기를 뒤집어쓰고 넋 나간 얼굴로 주간지를 읽고 있는 여자의 모습을 보는 것도 그다지 좋아하지 않는다.

나는 훨씬 예전부터 그런 것들이 신경에 거슬렸던 터라 몇몇 아는 여자를 붙잡고 "미용실에서 옆자리에 남자가 앉아 있으면 이상하지 않아?" 하고 물어봤더니, 그녀들 역시 대부분 "응, 그리 기분이 좋지는 않아"라고 대답했다. 나는 줄곧 남녀공학을 다녔기 때문에 여자와 동석하는 것 자체에는 아무런 거부감이 없지만, 머리를 자를 때만은 남녀 따로따로인 게 편하다. 그래서 계속 예의 꽈배기 과자 같은 간판이 서 있는 동네 이발소를 애용하는 것이다. 그러나 이건 물론 어디까지나 개인적인 취향의 문제이므로, '남자는 모두 이발소에 가야 한다'고 확고하게 주장하는 건 아니다. 더구나 만약 그렇게 된다면 이발소가 북적거려 곤란해진다. 미용실에 가고 싶은 사람은 사양 말고 미용실로 가주세요.

개인적인 얘기를 하자면—하긴 이 칼럼에는 개인적인 얘기밖에 쓰지 않지만—내 단골 이발소는 센다가야에 있다. 나는 지금 후지사와에 살고 있으니 두 달에 세 번꼴로 오타큐선 특급열차 로맨스 카를 타고 센다가야까지 머리를 깎으러 간다. 이래저래 편도에 한 시간 반은 걸리니, 팔자가 좋다면 좋고 유별나다면 유별난 얘기다.

후지사와로 오기 전에는 나라시노에 살았는데, 그때 역시 편도에 한 시간 반이나 들여가며 지금의 이발소에 다녔다. 하지만 소부선 쾌속보다는 오타큐선 로맨스 카 쪽이 운치가 있고 값도 싸며 애플 티도 마실 수 있으니 지금이 훨씬 편리하다. 나라시노로 이사하기 전에는 그 이발소 근처에 살았다. 그러니까 그럭저

럭 팔 년이나 같은 곳을 다니는 셈이다.

어째서 이렇게 이사를 거듭하면서도 끈질기게 같은 이발소를 고집하는가 하면, 다른 이발소에 가는 게 너무 귀찮기 때문이다. 다른 이발소에 가면 여러 가지 것을 처음부터 일일이 다시 설명해야 한다. 우선 나는 회사원이 아니니까 머리를 그렇게 단정히 할 필요가 없고, 삼 주에 한 번은 자르니까 너무 짧게 깎을 필요도 없다는 기본 방침을 이해시켜야 한다. 그러고는 세부적인 설명으로 옮겨가 귀 위는 어느 정도 길이로 하고, 가르마는 어디쯤에 있으며, 수염은 깎지 말고, 매일 아침 머리를 감으니까 샴푸는 대충 한 번이면 족하고, 헤어 리퀴드는 필요 없고…… 이렇게 설명하다보면 깎기도 전부터 축 늘어지고 만다. 게다가 아무리 설명해도 설명한 대로 깎아준다는 보장이 없다—아니, 절대 설명한 대로 깎아주지 않는다. 특히 지방 도시의 경우는 정도가 심해서 대개 초등학생처럼 뒷머리를 바싹 쳐놓기 때문에, 사나흘간은 의기소침해져 집안에 틀어박혀 있게 된다. 이런 경우는 참으로 막막하다.

반면 단골 이발소에선 문을 열고 들어가 "안녕하세요" 한 마디만 하고 의자에 앉으면, 그다음은 끄덕끄덕 졸고 있어도 여느 때와 다름없이 알아서 깎아준다. 그렇게 편할 수가 없다.

내가 생각하는 바람직한 이발소의 조건, 그 첫째는 이발사 아저씨가 자주 바뀌지 않는 것이다. 간혹 갈 때마다 이발사가 바뀌는 이발소가 있는데, 그래서야 손님 쪽도 신뢰감이 없어질뿐더러 매번 다시금 설명해야 하니까 단골 이발소를 만든 의미가 없어지고 만다. 그리고 무엇보다 사람이 자주 바뀌지 않는 이발소는 분위기가 안정되어 있고 태도도 침착하다. 이 점은 초밥집 요리사와 마찬가지다.

둘째는 필요 이상으로 말을 걸지 않는 것이다. 얘기를 전혀 안 하는 것도 따분하지만, 나는 이발소에서만은 비교적 멍하게 있는 걸 좋아하는 편이라 말을 너무 자주 걸면 피곤해진다. "벌써 봄이로군요." "네, 따뜻하죠." "벚꽃 놀이는?" "아직, 바빠서요."

이 정도가 이상적이다. 내 단골 이발소에는 조깅을 좋아하는 사람이 있어서, 가끔가다 경주 얘기를 짤막하게 나누기도 한다.

셋째는 경박한 라디오 프로그램을 틀어놓지 않는 것이다. 요즘엔 오후 시간대에 주부를 상대로 한 야릇한 프로그램이 유독 많은데, 그런 걸 듣고 있으면 정말이지 피곤해진다. "우리 남편은 말이죠, 내가 부엌에서 설거지를 하고 있으면 항상 등뒤에서 치마 속에다 손을 집어넣는 거예요. 그렇지만 나도 싫지는 않아서……" 어쩌고저쩌고 하는 걸 듣다보면 머리의 심지가 흔들흔들한다. 요즘 주부들은 대체 무슨 생각을 하며 사는 걸까?

마음 같아선 NHK FM의 〈오후의 클래식〉 같은 프로그램이 배경으로 흐르면 이상적이겠지만, 뭐 이발소에서 브람스를 듣는 것도 약간 속물 같으니, NHK 제1라디오 정도가 바람직하겠다. NHK 라디오는 이발소가 아니면 들을 일도 없고, 귀기울여 들으면 제법 재미도 있다. 적어도 새삼 '세상은 넓구나' 싶은 기분이 든다. 퍼시 페이스 오케스트라가 연주하는 〈푸른 산맥〉 같은 건 아오야마에 있는 미용실에서는 도저히 들을 수 없을 것이다. 오전 열한시 반에 하는 소설 낭독 프로그램도 이발소 의자에서 듣기에 적격이다.

지금은 더욱 멀어져 편도 두 시간 가까이 걸리지만 여전히 같은 이발소에 다니고 있습니다. 퍼시 페이스의 〈푸른 산맥〉은 중간에 격조 높은 네 소절 애드리브가 끼어 있는 등, 상당한 열연이죠.

베를린의 오즈 야스지로와 모기향

며칠 전 오즈 야스지로 감독의 영화가 레이저디스크로 나왔다고 해서 세 장을 한꺼번에 사왔다. 〈만춘晩春〉과 〈맥추麦秋〉와 〈동경 이야기〉. 제작연도는 1949년, 1951년, 1953년. 세 작품 모두 하라 세쓰코와 류 지슈가 출연했다.

나는 일본 영화 중에서는 오즈 야스지로와 나루세 미키오 감독의 작품을 특히 좋아해서, 바지런을 떨어가며 명화극장 같은 데 찾아가 챙겨 보곤 한다. 그런데 오래된 영화를 재상영하는 극장은 대부분 소규모라 늘 만원인데다 나이 탓도 있어 그런 곳에서 두세 편을 연달아 보기란 몹시 힘에 겹다. 그런 면에서 레이저디스크나 비디오테이프는 매우 편하다. 특히 흑백 스탠더드 사이즈의 옛날 작품은 스크린으로 보는 것보다 화질이 훨씬 좋은 경우도 있어서 집안에서 느긋하게 감상하기에는 최상이다. "음, 새로 나온 오즈 영화 디스크를 샀는데, 우리집에서 차라도 마시며 같이 보지 않겠어?" 하고 여자를 불러들일 수도 있다. 상대방이 기꺼이 응해줄지 어떨지는 모르겠지만.

실은 독일에서 〈동경 이야기〉를 한 번 본 적이 있다. 베를린의 한 호텔에서 무심히 텔레비전을 켰더니 방영하고 있었던 것이다. 제목이 아마 '디 라이제 나흐 도쿄(도쿄로의 여행)'였고, 대사는 독일어로 더빙되어 있었다. 그러니까 히가시야마 지에코가 "피곤하시죠?"라고 물어서 류 지슈가 "음" 하고 대답하는 장면이 "Nein!"으로 되어 있다. "음"이 "나인!"이다. 이 대사를 듣는데 기분이 아주 묘했다. 미국인들도 일본어로 더빙한 미국 영화를 보면 틀림없이 기분이 묘하겠지.

독일에서 〈동경 이야기〉를 보면서 느낀 것은 일본인이 — 적어도 당시의 일본인이 — 무턱대고 인사를 많이 한다는 점이다. 일본어 대사로 보면 그다지 거슬리지 않지만, 독일어 대사로 보고 있으면 상당히 거슬린다.

예를 들면 손님이 "그럼 이만. 폐 많이 끼쳤습니다. 실례하겠습니다"라고 말하며 물러나려고 한다. 그러면서 몇 번이나 머리를 깊이 숙인다. 그런데 이걸 독일어로 옮기면 "아우프 비더젠" 딱 한마디로 끝나버린다. 그러니 입놀림에 대사를 맞추자면 "아우……프……비……더……제……에……엔" 하는 식이 된다. 하긴 이건 극단적인 예지만, 요컨대 있으나 없으나 상관없는 대사가 무지하게 많다.

"그럴까?"

"그래요."

"역시, 그럴까?"

"그렇잖아요."

"역시, 그렇겠지."

"그래요."

이런 대사를 독일어로 처리하면 묘하게도 어딘가 형이상학적인 색채까지 띤다.

"그런 것인가?"

"그런 것이다."

"그렇지 않으면 안 되는 것인가?"

"그렇지 않으면 안 된다."

"그렇다고 하는 것은, 그렇다."

"그렇다."

이런 상황이다. 나의 독일어 실력은 상당히 어중간한 것이라 정말 그런 말인지 아닌지는 책임 못 지겠지만, 어감상으로는 꽤나 그런 변증법적인 분위기가 감도는 듯 느껴진다. 난해하다고

도 할 수 있다. 프랑스어나 이탈리아어로 더빙한 오즈 감독의 영화에는 또 그 나름의 정취가 있을 것이다. 두 번 세 번까지는 모르겠으나 한 번쯤은 보고 싶다. 내가 영어로 번역된 발자크의 소설을 좋아하는 기묘한 취향인지라 그런 별난 생각을 하는지도 모르겠지만.

〈만춘〉과 〈맥추〉는 기타가마쿠라가 무대라 에노시마와 시치리가하마 주변의 풍경이 종종 등장한다. 영화에 나오는 1949년 당시의 시치리가하마는 자동차라곤 거의 없이 아주 고즈넉하다. 물론 서핑을 하는 사람도, 조깅을 하는 사람도 없다. 그 무렵의 사람들은 필시 모두 바빴던 것이리라. 오즈 야스지로가 담아내는 풍경은 늘 잠잠하고, 바람도 없고, 양지바른 곳 같은 기분좋은 빛으로 가득 차 있다. 나는 (특히 1945년에서 1955년 정도의) 오즈 영화에 등장하는 그런 풍경을 좋아해서 몇 번이고 반복해 보곤 한다. 놀랄 만큼 양식적임에도 불구하고, 묘하게 생생하다.

그리고 이건 사소한 얘기인데, 〈동경 이야기〉 중에 도저히 이해가 안 가는 부분이 있다. 모기향이 나오는 장면이다. 이 영화에는 모기향이 세 번 정도 등장하는데, 어느 장면에나 모기향이 전부 세로로 세워져 있다. 요 얼마 전 세로형 레코드플레이어가 유행한 적이 있는데, 꼭 그런 모양으로 세워져서는 연기가 모락모락 피어오르는 것이다.

나는 그게 하도 신기해서 모기향을 세로로 세워놓는 방법과 그 이점에 관해 여러모로 머리를 굴려보았지만, 아무리 생각해도 이해가 안 갔다. 당시에는 그런 세로형 모기향이 존재했던 걸까? 아니면 오즈 감독의 미학에 따라 억지로 세로로 세워놓은 걸까? 그리고 독일인은 그게 모기향이라는 걸 제대로 알아볼 수 있었을까? 뭐 아무래도 상관없는 일이지만.

최근에 디스크로 나온 〈동경의 황혼〉에는 나도 미즈마루 씨도 감탄해 마지않았습니다. 그 악동 바텐더가 뭐라 말할 수 없이 매력적이죠. 세로형 모기향에 대해서는 아직까지도 실마리가 잡히지 않습니다.

교훈적인 이야기

나는 교훈이 있는 이야기를 비교적 좋아한다. 그렇다고 딱히 내가 교훈적인 인간이라는 얘기는 아니다. 교훈이라는 것이 만들어지는 과정을 은근히 좋아한다는 뜻일 뿐이다.

내 아내의 언니는 학생 시절 호리 다쓰오의 『바람 불다』를 읽고 '건강은 참 소중하다고 느꼈습니다'란 내용의 독후감을 써내서 선생님이 폭소를 터뜨렸다고 하는데—나 역시 그 얘기를 듣고 그만 웃고 말았지만—이건 웃는 쪽이 잘못이다. 만약 그녀가 『바람 불다』를 읽고 건강의 중요성을 통감했다면 그건 틀림없는 문학의 힘이다. 웃어서는 안 된다. 그런 입장에서 다시 한번 『바람 불다』를 읽어보면 반드시 '음, 과연 그렇군' 하고 고개를 끄덕이게 되는 부분이 몇 군데쯤 있을 것이다. 교훈이라는 것은 어떤 경우에는 유형에 빠져버리기도 하지만, 또 어떤 경우에는 다른 의미의 유형을 무너뜨리는 힘을 발휘하는 것이다.

나도 종종 소설을 읽은 감상을 쓴 독자의 편지를 받는데 '무라카미 씨의 소설적 감성은……'이라든가 '이런 언어의 사용은……' '이 작품을 읽은 느낌은……' 하는 게 대부분이고, '나는 무라카미 씨의 소설을 읽고 이런 교훈을 얻었습니다'라는 내용은 한 통도 없었다. 모두가 그래야 할 필요는 없겠지만, 한 통쯤은 있어도 좋지 않을까 생각한다. '나는 무라카미 씨의 소설을 읽고 병약한 어머님을 좀더 잘 모셔야겠다고 생각했습니다'라든가, '나는 무라카미 씨의 소설을 읽고 돈이 전부가 아님을 깨달았습니다'처럼 말이다. 하긴 무리일지도 모르겠지만.

교훈이란 일반적으로 생각하는 것처럼 그리 딱딱한 게 아니다. 어떠한 일에도 반드시 교훈이 있고, 그것은 꼭 모두 같은 형태라고 할 수 없다. 내리는 비 속에도 교훈이 있고, 옆집 주차장에 세워진 코롤라 스프린터에도 교훈이 있다. 억지로 찾아내려 노력할 필요는 없지만, 있으면 있는 대로 상당히 흥미로운 것이다.

옛날 학생 시절 학교에서 『쓰레즈레구사』*를 배울 때 선생님

---

* 14세기 중엽 가마쿠라 시대의 수필문학.

이 "현대인의 감각으로 보면 작자의 설교적, 교훈적인 의도가 다소 느껴진다"는 말씀을 해서 그때는 '흠, 그런가' 하고만 생각했는데, 지금에 와서는 그 교훈적인 부분만 머리에 또렷하게 남아 있으니 기묘한 일이다. 『쓰레즈레구사』뿐만 아니라 다른 어떤 문학작품을 예로 들어도 마찬가지다. 유려한 문장이나 치밀한 심리묘사는 읽을 당시에는 감탄스러울지언정 세월이 흐르면 모조리 잊히고, 아주 사소할지라도 좌우지간 효율적인 종류의 것만 부분적으로 기억하는 경우가 태반이다. 그게 좋은지 나쁜지는 잘 모르겠지만, 적어도 아무것도 기억에 남지 않은 것보다는 낫다고 나는 생각한다.

옛날에 어떤 편집자가 재미있는 일화를 들려주었다. 역시 꽤 교훈적인 이야기였는데, 교훈이 너무 많은 나머지 아직도 정리를 다 못하고 있다. 케이스스터디 삼아 이 자리에서 재현해본다.

【케이스스터디】모 편집자의 이야기

나는 재즈를 아주 좋아하는 터라, 한 전위재즈 뮤지션의 연주를 테이프에 담아 일 관계로 ××씨(주: 고명한 재즈 평론가)를 찾아가는 김에 가져가 들려주었습니다. ××씨는 그 음악이 매우 마음에 들었는지 "음, 이거 아주 좋은데. 최고야" 하고 격찬하더군요. 거기까지는 좋았어요. 그런데 알고 보니 내가 그 테이프

를 2배속으로 틀어놓았던 겁니다. 그래서 아차 싶어 "죄송합니다. 속도를 잘못 맞췄어요"라고 사과하고는 처음부터 다시 틀었죠. 글쎄, 잘못된 걸 그대로 지나칠 수는 없잖습니까. 그랬더니 그 선생님이 "자네 날 놀리는 거야!" 하고 버럭버럭하는 거예요. 그 사람, 말은 그럴싸하게 하면서 실은 아랑이 부족한가 봅니다.

이 일화에는 아까 말했듯 수많은 교훈이 담겨 있으므로, 내가 찾아낸 것들을 조목조목 써보겠다. 시험을 앞두고 있는 분들은 옳다고 보이는 것에 ○표를 해주세요.

① 전위재즈 같은 건 자기가 좋아하는 속도로 들으면 된다.

② 뭐든 자기가 좋다고 생각하면 그걸로 족하다.

③ 정확한 평론 같은 것은 존재하지 않는다.

④ 아차 싶어도 다시 한번 생각해봐야 한다.

⑤ 잘못됐다고 별 지장이 있는 건 아니지 않은가.

⑥ 실수는 웃음으로 얼버무리는 게 상책이다.

⑦ 아량이 넓은 사람은 그리 말이 많지 않다.

⑧ 편집자는 상대에게 대놓고 험담을 하지 못한다.

⑨ 무턱대고 칭찬하고 나면 뒤처리가 골치 아프다.

이렇게 써놓고 보니 이 짧은 이야기에도 배워야 할 것이 상당히 많음을 알 수 있다. 그 밖에도 내가 미처 깨닫지 못한 교훈이 있을지 모르니까 찾아낸 분은 가르쳐주세요. 『쓰레즈레구사』 역시 그 이야기에 어떤 교훈이 따를지 궁리하는 것만으로도 할 일 없는 시간을 충분히 재밌게 보낼 수 있을 것 같다.

취미로 듣는 음악

가끔씩 무슨 앙케트 같은 데서 취미가 뭐냐는 질문을 받아 난감해질 때가 있다. 제대로 대답하자면 독서와 음악감상이겠지만, 요즘 같은 세월에 책도 안 읽고 음악도 듣지 않는 사람은 거의 없을 테니, 엄밀하게 말해 이걸 취미라고 할 수는 없을 것 같다. 귀찮아서 이런 때는 대개 겸손하게 — 그렇지도 않은가 — '무취미'라고 대답한다.

하긴 소설을 쓰게 된 뒤로는 독서가 일의 일환이 돼버린 셈이니까, 현실적으로는 더이상 취미라고 할 수 없다. 음악만 간신히 취미의 영역에 머물러 있는 형편이다. 그래서 음악만은 어떻게든 취미로 남겨두고 일에는 개입시키지 않으려 애쓰는데, 글쓰기를 업으로 하면서 어떤 특정 분야를 피해 가기란 상당히 어려운 일이다.

내가 자란 가정에서는 나 말고 적극적으로 음악을 듣는 사람이 한 명도 없었다. 따라서 중학교에 들어가 본격적으로 음악을 듣기 시작했을 때 나는 그 누구의 지도나 조언도 받을 수 없었다. 요즘처럼 친절한 가이드북 같은 것도 전혀 없었다. 그러니까 아무튼 용돈을 모아 마구잡이로 레코드를 사들여선, 이해가 될 때까지 무턱대고 듣는 수밖에 없었다.

그 무렵에 산 레코드를 뒤적거려보면 꽤나 두서없이 모아들였다 싶어 스스로도 어이가 없어진다. 하지만 당시에는 그런 걸 알 턱이 없으니 일단 세일하는 레코드를 찾아 헤매다니고, 그렇게 산 것을 닳아빠지도록 들어댔던 것이다. 젊은 시절에 들은 연주는 평생토록 귀에 새겨지는 법인데 더군다나 몇 장 되지 않는 레코드를 몇 번이고 반복해 들었으니, 그 무렵에 산 레코드는 지금 내게 일종의 표준 연주가 되어버렸다.

예를 들면 베토벤의 피아노협주곡 3번은 내내 글렌 굴드의 연주로 들었기 때문에 '3번' 하면 굴드의 연주가 머릿속에 퍼뜩 떠오르고, '4번' 하면 바크하우스의 연주가 떠오른다. 훨씬 시간이 흐른 뒤 바크하우스가 연주한 3번과 굴드가 연주한 4번도 샀는데 그걸 듣고 있으면—연주는 물론 나무랄 데 없지만—아무래도 안정감이 느껴지지 않는다. 내 귀가 '3번은 도전적으로, 4번은 정통적으로'라는 연주 기준을 머릿속에 철석같이 박아놓았기 때문이다.

모차르트의 현악사중주 15번과 17번도 그렇다. 이 경우는 15번이 줄리아드 현악사중주단이고, 17번은 빈 콘체르트하우스 현악사중주단이라는 경이적인 조합이다. 들어보시면 알겠지만 이 두 연주 단체의 성격은 서로 극단적일 만큼 정반대다. 줄리아드는 엄격하고 딱딱하며, 후자는 부드럽고 따뜻하다. 그런 연유로 내게 '15번은 엄격하고 딱딱한 곡이며, 17번은 부드럽고 따뜻한 곡이다. 모차르트는 과연 다면성을 지닌 천재 작곡가였구나'라고 오래도록 믿어왔을 정도였다. 스무 살이 넘어 다른 레코드로 15번을 들어보고는 천지가 뒤집힐 듯한 충격을 받은 기억이 있는데, 지금도 15번이 듣고 싶어질 때면 나도 모르게 줄리아드의 레코드(물론 새로 산 것) 쪽으로 손이 가고 만다. 기묘한 일이다.

이런 예를 일일이 들어보자면 끝이 없다. 한마디로 바겐세일하는 레코드를 가리지 않고 마구 사들인 결과인데, 지금 돌이켜보면 그 들쑥날쑥한 무작위함이 음악을 듣는 재미를 오히려 더 해주지 않았나 하는 생각이 든다. 취향이 편협하게 치우치지 않은 것은 조언을 해주는 사람이 없었던 덕분이기도 하다.

나는 무슨 일이든 이런 식으로 우회하면서 내가 좋아하는 방

식을 조금씩 찾아가는 성격이라, 무언가에 도달하기까지 많은 시간이 걸리고 실패도 잦다. 그러나 일단 그게 몸에 배면 어지간해서는 흔들리지 않는다. 딱히 자랑하는 건 아니다. 이런 성격은 자칫하면 남에게 상처를 주기 쉽고, 스스로 그 스타일을 교정하려 해도 마음처럼 잘 바뀌지 않는다. 남이 무언가를 권유하면 대부분은 듣고 흘려버리며, 남에게 무언가를 진지하게 권유하는 일도 잘 없다. 그러나 지금까지 이런 식으로 살아왔으니 새삼 뭐라 할 건 아닌 것 같다.

그건 그렇고, 보통사람들의 음악에 대한 감수성이란 스무 살을 경계로 점점 둔해지는 듯하다. 물론 이해력이나 해석 능력은 훈련에 따라 높아질 수 있지만, 십대에 느꼈던 뼛속까지 스며드는 듯한 감동은 두 번 다시 되돌아오지 않는다. 유행가도 듣기 시끄럽고, 갈수록 옛날 노래가 좋았다는 생각이 든다. 왕년에 록 마니아였던 내 주위 청년들도 점차 "요즘의 록은 장난 같아서 들을 기분이 안 나"라고 말하곤 한다. 그 기분은 이해가 가지만 푸념만 늘어놓아봐야 별 소용 없으니까, 나는 비교적 순순히 꼼꼼하게 아메리칸 히트 차트 같은 것에도 귀를 기울이며 귀가 노화되는 것을 방지하려 노력한다. '컬처 클럽'이나 '듀란 듀란'은 별로 좋아하지 않지만 '왬!'의 발랄함은 비교적 마음에 드는 요즘입니다.

자동차에 대하여

나는 운전을 하지 않을뿐더러 자동차라는 물체에도 별반 흥미를 느끼지 않는다. 주위를 둘러보아도 웬일인지 차를 운전하는 사람이 몹시 적다. 운전면허를 딴 사람도 대충 지인의 30퍼센트 정도밖에 안 되는 것 같다. 현재 일본 총인구의 60퍼센트 가까이가 운전면허를 소지하고 있다는 점을 감안하면, 이는 불합리할 정도로 낮은 수치다.

어째서 내 주위 사람들은 이다지도 자가용을 타지 않는 것일까. 이유는 실로 간단하다. 필요가 없기 때문이다. 자가용을 타면 불필요한 데 신경을 써야 하고, 돈도 많이 들고, 술도 마실 수 없고, 세차니 점검이니 관리를 해줘야 하고…… 이런 것들을 따지면 아무래도 지하철이나 택시를 타는 쪽이 편리하다. 하기야

홋카이도의 습원 한가운데 산다면야 자동차 없이 생활할 수 없겠지만, 도쿄 근교에서 생활하는 데는 자동차 따위 특별히 필요 없지 않을까 하고 나는 생각한다.

나 자신을 예로 들자면 자동차가 없어 불편을 겪을 때는 일 년에 한두 번 정도라, 그 한 번이나 두 번만 그럭저럭 넘기면—물론 넘길 수 있다—나머지는 전철을 이용하거나 걷거나 택시를 타는 것으로 충분하다. 뭐 사람마다 사정이 다르겠지만 그렇게 누구나 앞다투어 자동차를 사려 들 것까지는 없지 않을까? 불과 삼십 년 전까지만 해도 대부분의 사람들은 자동차 없이도 충분히 평화롭게 살았으니 말이다.

차를 갖고 있는 사람에게 이런 얘기를 하면 대부분은 "맞아요, 그게 제일이죠. 꼭 차를 탈 필요가 없다면 안 타는 것보다 좋은 게 없어요"라는 대답이 돌아온다. 그러나 그런 사람일수록 전철로 한두 역이면 가는 곳도 구태여 차를 끌고 가기가 일쑤다. 운전을 안 하니까 몰라서 하는 소리라고 한다면야 그도 일리 있지만, 차를 운전하는 사람들의 심리를 나는 통 알 수 없다. 주차 자리를 찾느라 기웃거려야 하고, 간발의 차밖에 나지 않는데도 툭하면 차선을 바꾸며 달리고, 나는 도저히 그럴 수 없을 것 같다.

차가 없어서 자동차 할부금이니 주차비니 세금이니 기름값이니 수리비니 하는 돈이 들지 않는만큼, 나는 택시나 국철의 특별석을 곧잘 애용한다. 이것도 상당히 불가사의한 일인데, 운전을 하는 사람들은 대개 택시나 특별석의 요금이 말도 안 되게 비싸다고 느끼는 모양이다. 그래서 내가 택시나 특별석을 종종 이용한다고 하면 "그건 사치야"라며 빈정거린다. 하지만 따져보면 도쿄-후지사와 간의 특별석 요금은 두 시간분 주차비와 비슷한 정도다. 그 가격으로 편하게 자리에 앉아 느긋한 마음으로 책을 읽을 수 있으니, 생각하기에 따라서는 오히려 싼 게 아닌가 하는 생각도 문득 든다. 딱히 국철 애호론을 펼치려는 건 아니지만.

그러나 입으로는 이렇게 말하면서, 내가 만약 조금 더 젊었더라면 역시나 고급 승용차를 구해서는 여자에게 드라이브를 가자고 유혹하고 있을지도 모르니 큰소리칠 입장은 못 된다. 이런 일은 인연과 비슷해서, 방향이 약간만 어긋나도 완전히 정반대의 주장을 펼치게 될 수도 있다. 세상에 횡행하는 수많은 주장의 대부분은 끝이 좋으면 그만이라는 정신으로 성립되어 있다. 그러니까 나는 여기서 자동차 배척론을 피력하는 게 아니라, 자동차가 없어도 그다지 불편하지 않은 이들도 적잖이 존재하지 않는가 하는 추측을 온건하게 기술하고 있을 뿐이다. 격분해서 반론 같은 것을 보내지는 마세요.

지금 내가 사는 후지사와 거리도 여름이 가까워지면서 점점 차량이 늘어나고 있다. 주말이 되면 후지사와 다리에서 에노시마로 가는 도로는 차들로 꽉 차고, 골목길까지 차들이 밀려들어온다. 한밤중에는 오토바이가 내지르는 소음 때문에 시끄럽기 짝이 없다. 내가 이곳으로 이사온 뒤만 해도 아침에 조깅하던 할머니 한 분이 차에 치여 죽었고, 오토바이 소음으로 잠을 잘 수가 없어 항의성 자살을 한 사람도 있다. 안된 일이다.

내가 자동차에 지나치게 예민한 탓인지도 모르겠으나, 자동차 수가 늘어나면서 일본 어디를 가든 좀처럼 차분한 기분을 만끽할 수 없게 되었다. 가끔씩 기분이 내키면 에노덴을 타고 가마쿠라로 점심을 먹으러 가곤 하는데, 정말이지 거리가 온통 자동차투성이라 머리가 아파서 얼른 돌아와버린다. 교토 역시 옛날에는 그렇게 웅성웅성 시끄러운 동네가 아니었다.

세상 어딘가 한 군데쯤은 자동차가 한 대도 없는 마을이 있어도 좋지 않을까 하고 나는 생각한다. 와이어트 어프가 도지 시티에서 시민들의 권총을 거둬들인 것처럼, 담당 직원이 마을 입구에서 자동차를 보관하는 것이다. 그런 마을이 있다면 나는 만사 제쳐놓고 그곳에 가서 살고 싶다. 흔히 주말 시내 한복판에 차 없는 거리를 만들어 '보행자 천국'이라고 하는데, 그 정도를 가지고 천국이라니 말이 되는가. 차를 안 타는 인간의 눈으로 보면 그게 정상적인 상태인데 말이다.

사정이 있어 이 글을 쓴 후 면허를 땄습니다. 기본적인 생각에는 변함이 없습니다만. 국철은 이후에 JR로 바뀌었죠. '에노덴'은 어떻게 되었던가?

고양이의 죽음에 대하여

얼마 전 집에서 기르던 고양이가 죽고 말았다. 그 고양이는 무라카미 류 씨네서 데려온 아비시니안종으로, 이름은 '기린'이었다. '류龍'한테서 온 것이라 '기린'이라는 이름을 붙였던 것이고, 맥주와는 아무런 관계도 없다.

나이는 네 살, 인간으로 치면 이십대 후반이나 서른 살 정도니까 이른 죽음이다. 그 고양이는 방광에 결석이 잘 생기는 체질이라서 이전에도 수술을 한 적이 있었다. 밥도 늘 다이어트 사료(라는 게 이 넓은 세상에는 존재한다)를 주면서 조심했는데, 결국 방광염이 원인이 되어 목숨을 잃고 말았다. 업자에게 화장을 부탁하고 그 뼈를 작은 항아리에 넣어 가미다나*에 올려놓았다. 내가 지금 사는 집은 오래된 일본식 가옥이라 가미다나가 달려 있기 때문에 이런 때 아주 편리하다. 요즘에 지은 2DK 맨션 같은 데 살면 고양이 뼈를 어디에 두어야 할지 고민스러울 것 같다. 냉장고 위에다 슬쩍 올려놓을 수도 없는 노릇이니 말이다.

우리집에는 '기린' 외에도 열한 살짜리 암컷 샴고양이 한 마리가 있는데, 이름은 '뮤즈'다. 이 이름은 명작 순정만화 〈유리의 성〉의 등장인물에게서 따왔다. 그전에는 〈내일을 향해 쏴라〉에 나오는 콤비에서 이름을 딴 '부치'와 '선댄스'라는 수고양이 두 마리가 있었다. 고양이를 여럿 기르다보면 일일이 이름을 기억하기도 성가신 일이라 대개 아주 단순한 이름을 붙인다. 한때는 '줄무늬'라는 이름의 줄무늬 고양이를 길렀고, '삼색이'란 삼색 고양이를 기른 적도 있다. 스코티시폴드라는 종류의 고양이를 길렀을 때는 '스코티'라고 지었다. 이렇게 되면 파생적으로 추측할 수 있겠지만, '검둥이'란 이름의 검은 고양이가 기숙한 적도 있다.

요 십오 년간 우리집에 왔다 간 고양이들의 운명을 정리해보면 다음과 같다.

A. 죽은 고양이

① 기린 ② 부치 ③ 선댄스 ④ 줄무늬 ⑤ 스코티

B. 다른 사람에게 준 고양이

---

* 神棚, 신이나 위패를 모시는 선반.

① 삼색이 ② 피터

C. 저절로 없어진 고양이

① 검둥이 ② 토비마루

D. 지금 남아 있는 고양이

① 뮤즈

돌이켜보면 집안에 고양이가 한 마리도 없었던 때는 십오 년간 고작 이 개월 정도밖에 안 된다.

물론 고양이에게도 다양한 성격이 있고, 한 마리 한 마리에 따라 저마다 생각하는 방식이 다르고 행동양식도 다르다. 지금 기르는 샴고양이는 내가 앞발을 잡아주지 않으면 새끼를 못 낳는, 실로 흔치 않은 성격의 고양이다. 이 고양이는 진통이 시작되면 곧장 내 무릎으로 달려와서는 '으쌰' 하고 앉은뱅이 의자에 기대는 듯한 자세로 주저앉는다. 그리고 내가 두 앞발을 꼭 쥐어주면 이윽고 한 마리 또 한 마리 새끼 고양이가 태어나는 것이다. 고양이의 출산이란 곁에서 보고 있으면 상당히 신기하다.

'기린'은 무슨 이유에선지 셀로판지를 둥글게 뭉칠 때의 바스락거리는 소리를 굉장히 좋아해서, 누가 빈 담뱃갑을 구겨서 버리기라도 하면 어디선가 총알같이 달려와, 쓰레기통에서 그 담뱃갑을 꺼내서는 한 십오 분 정도 혼자서 가지고 논다. 대체 어떤 경위로 이런 경향 내지 버릇, 혹은 기호가 한 마리 고양이의

내면에 형성되는지는 베일에 싸인 수수께끼다.

이 고양이는 활달하고 살이 탄탄하게 오른데다 식욕도 왕성한 수컷이고—이 묘사는 무라카미 류 씨의 퍼스낼리티와는 관계없다—성격도 개방적이라 우리집에 오는 손님들의 반응도 상당히 좋았다. 방광의 상태가 나빠지면서 얼마간 기운이 없어지긴 했지만, 죽기 전날까지도 절대 그렇게 갑작스레 죽을 것 같아 보이지 않았다. 동네 동물병원에 데려가 고인 오줌을 빼내고 결석을 녹이는 약을 먹였지만, 하룻밤 지나고 보니 부엌 바닥에 웅크리고 눈을 반짝 뜬 채 싸늘하게 굳어 있었다. 고양이는 항상 참으로 순식간에 죽는다. 죽은 얼굴이 너무 깨끗해서, 이대로 양지

바른 곳에 놔두면 해동되어 되살아나지 않을까 싶을 정도였다.

오후에 애완동물 전문 장례업자가 라이트밴을 타고 고양이를 데리러 왔다. 그들은 영화 〈장례식〉에 나오는 것 같은 반듯한 상복 차림이고, 우선 한 차례 고양이의 죽음을 애도하는 인사치레를 한다. 대략 인간에게 하는 조문 인사를 간략화한 것으로 상상하면 된다. 그러고는 장례비 얘기로 옮겨간다. 화장→납골 항아리 코스는 항아리 값을 포함해 2만3천 엔이다. 라이트밴의 짐칸에는 플라스틱 의상 케이스에 든 독일셰퍼드의 모습도 보였다. '기린'도 아마 저 셰퍼드와 함께 태워지겠지.

'기린'이 그 라이트밴을 타고 사라지자 집안이 갑자기 텅 빈 듯한 기분이 들어서, 나도 아내도 남겨진 고양이도 안절부절못했다. 가족이란—설령 그게 고양이일지라도—제각각 서로 밸런스를 맞추며 살아가는 법이라, 그중 한 귀퉁이가 떨어져나가면 한동안 미묘하게 균형이 뒤틀리고 만다. 집에 있어봐야 일이 손에 잡힐 것 같지도 않아서 요코하마에나 놀러갈까 하고 부슬부슬 내리는 빗속을 걸어 역까지 갔는데, 그 또한 왠지 내키지 않아 도중에 돌아와버리고 말았다.

지금은 '뮤즈'와 '크로켓'이라는 이름의 고양이를 기르고 있습니다. '마이클'이니 '코가네'니 하는 이름의 고양이는 일본 전역에 제법 많을 테죠.

야쿠르트 스왈로스에 대하여

나는 프로야구 팀 중에선 무슨 까닭에선지 야쿠르트 스왈로스를 후원하고 있다. 후원한다고 해서 응원단에 들어가거나 선수에게 용돈을 준다든가 하는 구체적인 행동을 하는 건 아니고, 그저 혼자 마음속으로 '야쿠르트 스왈로스가 이기면 좋겠다'고 생각할 뿐이다.

영화 〈디어 헌터〉에 러시안룰렛이라는 게임이 나온다. 리볼버 권총에 탄환을 딱 한 발만 집어넣고 탄창을 빙빙 돌리다가, 자기 머리에다 총구를 겨누고 방아쇠를 당기는 게임이다. 야쿠르트 스왈로스를 응원한다는 건 여섯 개의 탄창에 탄환 네 발을 넣고 러시안룰렛을 하는 거나 마찬가지다. 이길 확률이 대략 삼분의 일이기 때문이다. 이런 팀을 응원하는 게 건강에 좋을 턱이 없다.

내가 야쿠르트 스왈로스를 응원하기 시작한 것은 십팔 년 전 처음 도쿄로 올라왔을 때다. 그 무렵엔 아직 팀명이 산케이 아톰스였는데, 이름이 다를지언정 약하기는 매한가지였다. 나는 옛날부터 야구란 원칙적으로 홈팀을 응원해야 마땅하다고 생각해서, 도쿄에 왔으니 이제 도쿄 팀을 응원할 셈으로 재경 네 팀 '교진' '아톰스' '도에이 플라이어스' '도쿄 오리언스'를 요모조모 비교해보았다. 그리고 결국 소거법에 의해 야쿠르트가 남았다. 도쿄 스타디움은 꾸준히 다니기에는 지리적 조건이 좋지 않고, 교진전은 워낙 붐비는데다 고라쿠엔이란 경기장이 도무지 마음에 안 들었다.

반면 진구 구장은 제법 상쾌한 야구장이다. 주변에 녹음이 우거져 있고, 그 무렵엔 외야석이 편평한 둔덕처럼 되어 있어서, 거기에 벌렁 드러누워 맥주를 마시며 시합을 보고 있으면 꽤 행복한 기분을 만끽할 수 있었다. 하긴 바람이 불면 모래먼지가 심하게 일기 때문에 주먹밥 같은 데 모래가 달라붙어 자글자글해지는 게 단점이라면 단점이었지만. 낮 게임 때는 상의를 훌떡 벗어던지고 일광욕을 즐기기도 했다. 교진과 시합할 때를 제외하곤 늘 텅텅 비어 있다는 것도 좋았다. 요컨대 야쿠르트가 마음에 들어 진구 구장에 다니게 되었다기보다, 진구 구장이 좋아 그에 따라 야쿠르트를 응원한 거나 다름없다.

텅 빈 구장의 외야석은 여자와 데이트를 하기에 더없이 좋은 장소다. 맥주를 마시거나 도시락을 까먹으며 신선한 바깥공기를 마실 수 있고, 입장료도 영화관보다 싸다. 게다가 마음이 내키면 야구도 볼 수 있다.

지금도 기억하는 경기는 십사오 년 전의 교진전 더블헤더로, 나는 그때 역시 여자아이와 함께 오른쪽 스탠드의 우익수 바로 뒤쪽에서 시합을 보고 있었다. 지금 같으면 예의 오카다 응원군단이 시끌벅적하게 진을 치고 있을 자리지만, 당시의 응원단은 큰북 하나에 피리 하나가 전부인 매우 조촐한 규모였다. 그 시합에서 야쿠르트가 이겼는지 졌는지 지금은 생각나지 않지만, 교진의 타자가 때린 오른쪽 뜬공만은 아주 상징적인 정경으로 선명하게 기억하고 있다.

그 공은 실로 그림으로 그려놓은 듯 무난한 외야 뜬공이었다. 타자가 야구방망이를 내던지고 고개를 갸웃갸웃하면서 1루 베이스로 달려갈 만한 그런 공이었다. 야쿠르트의 우익수(불쌍하니까 이름은 감춘다)는 '문제없다'는 듯이 5미터 정도 천천히 앞으로 나아가 볼이 떨어지기를 기다렸다. 평범한 광경이다. 그러나 공은—믿기 어려운 일이지만—우익수의 글러브에서 5미터 정도 뒤에 툭 떨어졌다. 바람도 잔잔하고, 태양도 그리 눈부

시지 않은 화창한 오후에 벌어진 일이다. 관객들은 모두 망연자실하여 한동안 입을 열지 못했다.

"얘, 네가 응원하는 게 이 팀이니?" 멋쩍은지 꾸물거리고 있는 우익수를 가리키면서 옆에 있던 여자가 내게 물었다.

"응, 그래." 나는 대답했다.

"다른 팀을 응원하는 게 낫지 않겠어?" 그녀가 말했다.

그러나 그녀의 지당한 충고에도 불구하고 나는 지금도 여전히 야쿠르트 스왈로스의 팬이며, 한 살 한 살 나이를 먹을 때마다 조금씩 정이 깊어가는 듯한 기분마저 든다. 어쩌다 이렇게 되었는지는 잘 모르겠고, 이게 맞는지 어떤지도 확신이 서지 않는다. 좀 안 좋은 예지만 '원나잇 스탠드로 끝내려 했던 게 꼬리를 끌어' 지금에 이른 느낌이다.

그사이 나는 실로 어이없는 광경을 수없이 목격했다. 마쓰오카 투수가 교진을 상대로 거의 9회 투아웃까지 퍼펙트 피칭을 해서, 앞으로 딱 한 명만 아웃시키면 되는 마당에 홈런을 맞아 진 적도 있었다. 나는 딱히 지는 게 좋아서 야쿠르트를 응원하는 것은 아니니까, 이런 일이 생기면 역시 어느 정도 실망하고 만다.

그러나 야쿠르트를 응원하면서 얻은 자질이 아주 없는 것은 아니다. 그것은 바로 패배에 대한 관대함이다. 지는 것은 싫지만, 그런 걸 일일이 마음 깊이 묻어두다가는 도저히 오래 살지 못하리라는 체념이다. 그런 내 눈으로 보자면 교진 팬은 졌을 때의 태도가 결코 바람직하지 못한 듯하다. 야쿠르트 대 교진 전에서 야쿠르트가 이기면 "돼지에게 차였다"며 내게 전화를 걸어대는 교진 팬 친구가 있는데, 이런 건 정말 좋지 않다.

마쓰오카 투수의 은퇴 시합 관전중 내게 맥주를 권해주었던 샐러리맨 아저씨 두 분, 정말 고마웠습니다. 마쓰오카 선수도 상대편 와카나를 경원하지 않고 깨끗한 승부를 해주어 기분이 상쾌했습니다. 깨끗하게 스리런홈런을 맞긴 했지만.

건강에 대하여

'첫째는 건강, 둘째는 재능'이 나의 좌우명이다. 조만간 안자이 미즈마루 화백에게 족자에다 써달라고 부탁해 도코노마에 걸어두려고 생각할 정도다. 글자 아래에는 철제 아령 그림 같은 게 들어 있어도 좋겠다.

어째서 '첫째는 건강'이고 '둘째는 재능'인가 하면, 단순하게 생각해서 건강이 재능을 불러올 수는 있어도 재능이 건강을 불러올 가능성은 전무하기 때문이다. 물론 건강하기만 하면 재능이 졸졸 따라온다는 뜻은 아니다. 그러나 장기간 노력과 집중력을 유지하려면 아무래도 체력이 필요하고, 노력과 집중력을 유지함으로써 재능을 증식시켜나가는 일은 아주 불가능하진 않다. 그래서 '첫째는 건강'이고 '둘째는 재능'인 것이다.

하기야 이런 사고방식은 천재에게는 해당되지 않는다. 천재란 아무리 병약한들 별다른 노력 없이도 훌륭한 작품을 창출해내는 법이다. 의식적인 자기 훈련 같은 건 천재와 연이 없는 작업일 게 틀림없다. 그러나 현실적으로 보아 나는 천재가 아니므로, 나름의 체계적 노력이 필요하다. 따라서 건강이 매우 중요하다. 대단한 재능도 없는 주제에 몸도 병약한 경우가 작가에게 가장 불운한 패턴이라고 생각한다.

그렇지만 굳이 이 좌우명을 족자로 만들 것도 없이, 나는 은근히 건강한 인간이라 한 번도 병원에 입원한 적이 없고, 근 이십 년 동안 의사에게 진찰을 받아본 일조차 없다. 먹는 약도 없고, 신체상에 이렇다 할 이상이 나타난 적도 없다. 어깨 결림, 두통, 숙취로 고생한 경험도 전혀 없다. 불면증은 이십대 초반에 몇 번 겪어본 것 같은데, 지금은 깨끗이 없어졌다.

그러니까 두통이나 어깨 결림이나 숙취 등이 실제로 얼마나 괴로운지 나는 짐작도 안 간다. 짐작을 할 수 없으니 동정심도 그다지 별로 일지 않는다. 이따금 아내가 “오늘은 머리가 아파”라고 하는데, 그런 말에도 “어, 그래?”라고밖에 대꾸할 길이 없다. 내게 그런 말은 인어가 “오늘은 아가미랑 비늘이 쓸려서 아파”라고 하는 것과 다름없다. 미안하긴 하지만 내가 경험해보지 못한 육체적 통증이나 고통을 정확하게 상상할 수는 없는 노릇

이다.

그래서 종종 사람들로부터 "자넨 동정심이 부족해"라는 비난을 받는데, 그건 착각이다. 정확하게 표현하면 '동정심이 부족한' 게 아니라 '상상력이 부족한' 것이다. 그 증거로 치통이나 뱃멀미로 고생하는 사람이나, 의자에 정강이를 부딪혀 아파하는 사람에게는 나도 언제나 진지하게 동정을 한다.

숙취도 잘 이해가 안 되는 고통 중 하나다. 나는 그리 많은 양은 아니어도 매일 습관적으로 술을 마시는 인간이고, 때로는 남들처럼 만취하기도 한다. 하지만 신기하게도 다음날까지 숙취를 느낀 적은 한 번도 없다. 아무리 취했어도 아침 햇살이 창으로 새어들면 개운하게 잠에서 깬다.

잘 이해가 안 가서 친구에게 가끔 "숙취라는 게 어떤 건데?" 하고 물어보아도 누구 하나 정확한 묘사나 설명을 해주는 이가 없다. "좌우지간 머리가 무겁고, 속이 쓰리고, 좌우지간 아무것도 할 의욕이 안 생겨"라는 정도의 대답밖에 돌아오지 않는다. 그런 말만으로는 '머리가 무겁다'는 게 어떤 상태인지 도통 알 수 없으니 그만 포기다. 그 이상 자세한 설명을 요구해봤자 "거참 시끄럽게 구네. 숙취로 고생해본 적이 없는 인간은 숙취의 고통을 알 수 없다고" 하며 구박하는 게 고작이다. 숙취 얘기가 나오면 다들 하나같이 될 대로 되라는 식의 말투를 쓰는 것 같다.

며칠 전 모처에서 맥주를 몇 병 마신 후 다른 곳으로 옮겨 와인을 집중적으로 마시고는, 꽤 취해서 집으로 돌아와 그대로 자버렸다. 이튿날 아침 일곱시경에 눈을 뜨니 엷은 안개가 낀 듯 머릿속이 뿌옜다. 그래서 불현듯 '아, 이게 가벼운 숙취 현상인가' 생각했는데 웬걸, 아침식사를 한 뒤에 12킬로미터 정도 달리고 돌아오니 그 몽롱함은 깨끗이 걷혀버렸다. 이 얘기를 친구에게 했더니 "말이지, 그런 건 숙취라고 안 해. 숙취로 나른할 때는 식욕도 전혀 없고, 하물며 조깅을 하려는 욕망 따위는 절대로 생기지 않는다고" 한다. 그런 까닭으로, 숙취라는 것은 내게 영원한 수수께끼다.

변비, 치질, 꽃가루 알레르기, 신경통, 생리통(이건 당연하다), 현기증, 식욕부진 등의 증상도 나는 좀처럼 이해할 수 없다. 메슥거림이나 설사, 치통, 피로, 감기, 고소공포증은 이해할 수 있다.

그러나 이해할 수 있고 없고를 떠나서, 건강하지 못한 사람들끼리 건강하지 못함에 대한 얘기를 나누는 걸 옆에서 듣고 있으면, 당사자들에게는 미안한 얘기지만 상당히 흥미롭다. 적어도 건강한 사람들끼리 건강에 대해 얘기하는 걸 듣는 것보단 훨씬 재미있다. 그건 분명 얘기하는 사람들끼리 지니는 공감대의 질이 높은 까닭이리라. 그중에서도 특히 재미있는 것은 치질이나 변비 이야기로, 본인은 몹시 힘겹고 고통스러워 보이지만 당장 목숨에 관계되는 병은 아니니까, 이야기가 자세히 진전되면 진전될수록 비통한 웃음이 터져나온다. 비통하지만 재밌고, 재미있지만 비통하다—이런 감정은 건강한 몸으로는 얻기 어려운 감흥이다.

소설가의 유명세에 대하여

가끔 바의 카운터 자리에서 혼자 술을 마시고 있노라면 옆 사람들이 누군가에 대한 소문을 얘기하는 경우가 더러 있는데, 그런 걸 가만히 듣고 있는 것도 즐거운 일이다. 소문의 대상은 나도 아는 유명인일 때도 있고, 그들의 직장 상사나 동료, 친구인 경우도 있는데, 어느 쪽이든 그 나름으로 재미있다.

제일 재미없는 건 누군가를 칭찬할 때다. "누구누구 알지, 그 자식 굉장한 놈이야. 능력 있어" 같은 얘기가 나오면 내 쪽도 시큰둥해져서 '빨리 험담이나 하라고' 하며 속으로 채근하곤 한다. "그 자식 바보라니까. 정말 바보 얼간이, 도저히 구제불능이야" 하는 기세면, 어차피 남 얘기니까 내 쪽도 유쾌하기 그지없다.

몇 년 전인가, 요코하마에 있는 '스토크'란 재즈 클럽의 카운터 자리에서 술잔을 기울이고 있는데 옆에서 샐러리맨으로 보이는 사내 두 명이 줄곧 배우 신교지 기미에 얘기를 하고 있었다. 또 여느 때와 다름없이 솔깃해서 귀를 기울이고 있었더니 느닷없이 "왜, 무라카미 하루키라는 작가 있잖아, 그 사람 말이야—"라고 화제가 바뀌어서, 그다음은 듣지도 않고 서둘러 자리를 박차고 나왔다. 어찌하여 신교지 기미에 얘기에서 아무 관계도 없는 무라카미 하루키 얘기로 화제가 바뀔 수 있는지 도무지 이해가 안 간다. 그럴 때는 정말 대책이 없다. "음, 신교지 기미에 얘기는 이쯤하고 다른 장르 얘기를 좀 해보자고." "뭐가 좋을까?" "소설 얘기나 할까." "젊은 작가들 책 중에 뭐 읽은 거 있어?" "그러고 보니까 얼마 전에—" 하는 정도의 쿠션이 있으면 나도 어느 정도 경계 태세를 갖출 수 있을 텐데, 중간 단계 없이 갑작스레 화제를 바꾸니, 그만 온더록스 잔에 콧부리를 부딪히고 마는 사태가 벌어지는 것이다.

길을 걷다보면 아주 드물게나마 모르는 사람이 나를 알아보기도 한다. 나는 텔레비전에 나가지 않으니까 아주 드문 정도로 그치지만, 끊임없이 텔레비전에 출연하는 사람들은 몹시 힘들 것 같다. 잡지 사진만 보고는 실물을 맞닥뜨려도 누군지 못 알아보는 경우가 의외로 많은데, 텔레비전이란 거의 실물 그대로 비춰버리니까 꽤 난처할 것이다. 그런 까닭으로 난 텔레비전에 나가지 않는다. 가끔씩 방송국에서 출연 제의가 오면 "인형탈을 쓰고 출연해도 괜찮다면 나가죠"라고 농담으로 응수하는데, "그래도 상관없으니까 꼭 나와주십시오" 하는 경우는 한 번도 없다. 뭐 당연지사라고 생각하지만.

이 칼럼에 그림을 그려주시는 안자이 미즈마루 씨도 한번 텔레비전에 나갔다가 여러모로 곤욕을 치렀다고 한다. 방송이 나간 다음 날 여기저기서 따르릉따르릉 쉴새없이 전화를 걸어서는, "텔레비전에 나왔더군요"라는 말을 했다고 한다. 텔레비전은 정말 끔찍하다. 뭐니뭐니해도 문예지가 제일이다. 문예지에 소설을 발표해본들 전화 한 통 안 걸려오니 말씀이죠.

한번은 진구 구장의 외야석에서 혼자 맥주를 마시며 야쿠르트 대 주니치 전을 보고 있는데, 한 여자가 다가와 "무라카미 씨, 사인해주세요"라고 한 적이 있다. 나는 진구 구장의 오른쪽 외야석에 앉는 여자에게 대개 호감을 갖고 있으므로 "네, 그러죠"라고 대답하자, 상대 여자는 "저기, 힘내라 야쿠르트 스왈로스라고 써주시겠어요?"라고 하는 게 아닌가. 이런 사람은 비교적 좋아한다.

한번은 소부선 전철 안에서 맞은편 자리에 앉아 있던 여자가 말을 걸어온 적도 있다. 단 나는 이런 상황에선 몹시 얼어버리는 타입이라, 목소리가 제대로 나오지 않아서 상대방에게 실례를

범한 것 같다. 더구나 전철 안에서 누군가 말을 걸면 주위에 있는 사람들도 힐끗힐끗 쳐다보니까 매우 부끄럽다. 야쿠르트 대 주니치 전만큼 텅텅 비어 있었다면 나도 마음이 편했을 텐데.

아카사카에 있는 베르비라는 패션 빌딩의 로비 의자에 부루퉁하게 앉아 있을 때도(아내의 쇼핑 시간이 너무 길어져서) 말을 걸어온 사람이 있었다. 이때는 젊은 청년이었는데 "무라카미 씨, 열심히 하십시오"라기에, 나도 모르게 "넷! 열심히 하겠습니다" 하고 대답하고 말았다. 이쯤 되면 '프로야구 뉴스'의 인터뷰나 다름없다.

내친김에 생각나는 대로 기억을 더듬어보면, 롯폰기에서 젊은 커플이 말을 건 적도 있다. 오차노미즈의 메이지대학과 신주쿠의 이세탄 백화점 2층, 후지사와에 있는 세이부 백화점과 오타루의 길모퉁이에서도 그런 일이 한 번씩 있었다. 오타루에서 내게 말을 건 사람의 얘기로는 홋카이도에서는 내 책이 제법 잘 팔린다고 한다. 암만 그래도 오타루역 앞 상점가에서 나 같은 사람의 얼굴을 잘도 알아봤다 싶어 내심 감탄했다.

이런 식으로 하나둘 꼽아보니, 소설을 쓰기 시작한 뒤로 육 년 동안 길에서 모르는 사람이 내게 알은체를 한 횟수는 전부 여덟 번이다. 대충 일 년에 한 번꼴보다 조금 많은 셈인데, 이 '모르는 사람이 말을 건 빈도'가 나 같은 직업에 종사하는 인간에게 많은 편인지 적은 편인지는 잘 모르겠다.

옛날에 모 가수가 사는 맨션 옆에 살았던 적이 있는데, 그 가수가 차에서 현관까지 10여 미터 거리를 전력으로 질주하는 광경을 종종 목격하곤 했다. 필시 쫓아오는 팬들을 피하기 위해서였겠지만 새벽 한시가 넘어 사방에 인기척 하나 없을 때조차 그랬다. 유명인이란 상당히 기묘한 인생을 강요당하는 모양이다.

세일러복을 입은 연필

얼마 전에 볼일이 있어서 한 잡지 편집자를 만났다. 일이 끝난 후 둘이서 술을 마시며 세상 얘기를 하자니 자연스레 화제가 문구 얘기로 옮겨갔다. 문구 얘기는 나도 퍽 좋아하는지라 볼펜은 어느 게 좋다는 둥, 지우개는 어느 게 최고라는 둥 술집에 앉아 두서없는 얘기를 나누고 있는데, 상대가 "그런데 무라카미 씨는 평소에 어떤 연필을 사용하십니까?" 하고 물었다. 나는 늘 F심 연필을 사용하니까 "F를 쓰는데요"라고 대답하자, 그 사람은 이렇게 말했다. "그렇군요. 그런데 늘 생각하는 건데, F심 연필은 세일러복을 입은 여학생 같지 않습니까?"

술자리에서였으니 "그러고 보니 그런 것 같기도 하네요. 사물을 느끼는 방법도 참 여러 가지입니다" 하는 정도로 웃으며 마무리짓고 곧 다른 화제로 넘어갔는데, 어쩐 일인지 시간이 지날수록 그 얘기가 점점 마음에 걸렸다. 왜 하필이면 F심 연필이 세일러복을 입은 여학생인가 하는 의문이 들자, 생각하면 생각할수록 영문을 알 수 없어 머리가 혼란스러워졌다. 그리하여 어느새 F심 연필이 완전히 세일러복을 입은 여학생으로 보이게 된 것이다. 이런 경우는 무척 난감하다. 최근에는 F심 연필을 손에 쥘 때마다 그만 세일러복 차림의 여학생을 떠올리는 지경에 이르렀다. 물체가 한번 어떤 이미지를 창출하면 그뒤에는 거꾸로 그 이미지가 물체를 규정지어버린다는 현상이겠으나, 어찌됐든 내게는 이루 말할 수 없이 피해를 주는 현상이다.

이런 현상이 그대로 진행되다가는 언젠가 연필을 쥘 때마다 성욕을 자극당하는 사태로까지 발전할지도 모르고, 그렇게 되면 직업상 연필을 사용하는 일이 많은 나는 상당히 번거로워질 것이다.

차라리 F심 연필을 쓰지 말고 HB심으로 바꿔볼까 생각도 했지만, 불미스럽게도 그전에 이미 '만약 F심이 세일러복을 입은 여학생이라면 HB는 학생복을 입은 남학생이 아닐까'라는 생각이 들고 말았다. 일이 이렇게 되니 이건 또 이것대로 영 달갑지가 않다. 나는 원래 세일러복이니 학생복이니 하는 걸 그다지 좋아하지 않는다. 세일러복이란 멀찌감치에서는 그럴듯하게 귀여워 보이지만, 가까이 가서 보면 의외로 더러운데다 별로 볼품 있는 옷도 아니다. 학생복이 얼마나 더러운지에 대해서는 구태여 말할 필요도 없을 것이다.

그렇다면 H심은 어떤가. 이건 또 왠지 폴리스(록 밴드 말입니다)의 멤버 스팅과 분위기가 비슷하다. 스팅에게는 딱히 나쁜 감정이 없는데, 감정이 좋고 나쁘고를 떠나 연필이 스팅을 닮았다는 건 어쩐지 심히 껄끄럽다. 늘 귓가에 '폴리스'의 음악이 울려퍼지는 듯한 기분이 든다.

그 H심보다 딱딱한 연필이나 B심보다 부드러운 연필은 작업하기에 적합하지 않으니까, 나에게는 결국 '세일러복을 입은 여학생'과 '학생복을 입은 남학생' '폴리스의 스팅'이란 세 가지 가능성, 세 가지 선택지밖에 없는 셈이다. 어쩌다가 고작 연필을 가지고 이렇게 복잡한 상황에 빠져들게 됐는지 잘 모르겠지만, 사실 원인은 "F심 연필은 세일러복을 입은 여학생 같지 않습니까?"라는 쓸데없는 말을 꺼낸 편집자에게 있다. 거기서부터 점점 엉뚱한 방향으로 이미지가 퍼져나간 것이다. 덕분에 나는 지금 이 원고의 수정사항을 연필이 아닌 볼펜으로 써넣어야 하는 곤경에 처하고 말았다. 볼펜에는 최대한 아무런 느낌도 갖지 않으려 노력하고 있다. 볼펜은 그저 볼펜일 뿐이다.

그나저나 연필이란 제법 귀여운 필기구다. 요즘은 샤프펜슬

의 성능이 비약적으로 향상된 탓에 문구계에서의 지위가 얼마간 저하됐음을 부정할 수 없지만, 그럼에도 연필에는 사람의—적어도 나의—마음을 끄는 무언가가 있다. 단순하다면 실로 단순한 제품이지만, 연필을 물끄러미 바라보고 있으면 그 속에 수많은 수수께끼와 예지가 함축되어 있음이 느껴지는 것이다. 최초로 연필을 만든 사람은 분명 꽤나 많은 고생을 했으리라. 나는 치즈를 넣은 지쿠와*를 발명한 사람에게 늘 경외심을 품고 있는데, 발상으로 보나 기술로 보나 치즈를 넣은 지쿠와보

* 대나무 줄기처럼 원통형으로 만든 어묵.

다는 연필을 만드는 게 훨씬 더 복잡할 듯하다.

나는 원고를 쓰다가 자잘한 수정사항이 생기면 대개 연필을 사용한다. 샤프펜슬도 편리하니 곧잘 사용하지만, 감촉이나 쓰는 맛으로 보면 지극히 평범한 연필 쪽이 작업에 더 적합하다. 아침나절에 연필을 한 다스 정도 깎아 온더록스 잔에다 담아두고 차례로 써나가는 것이다. 그러니까—얘기가 또 처음으로 돌아가는데—연필이 세일러복을 입은 여학생의 자태처럼 보이거나 하면 몹시 곤란하다.

"이번엔 어디, 널 한번 써볼까."

"꺅, 싫어요. 거짓말이죠!"

이러면서 혼자 놀고 있노라면 작업에는 조금도 진전이 없으니, 바보 같은 일이다.

신초샤의 스즈키 지카라 씨 때문에 터무니없는 꼴을 당한 셈인데, 정작 본인은 그때 곤드레가 되어 자기가 한 말을 기억조차 못한다. "네? 그런 얘길 했습니까? 왜 F심 연필이 여학생이지?" 하질 않나. 그런 걸 내가 알 턱이 있나요.

호놀룰루 영화관 (1)

여행가방에 냉국수용 소면 다발을 열다섯 개나 넣어서 하와이로 날아왔다. 이런 얘긴 어떤 가이드북에도 실려 있지 않을 테지만—아마도 그럴 테지—하와이에서 먹는 냉국수는 정말 일품이다. 하와이에 장기간 체재하실 분은 반드시 냉국수용 소면을 지참하십시오.

그리하여 현재 한 달가량 호놀룰루에서 한가하게 휴양하고 있습니다. 새삼스럽게 웬 하와이냐고 한다면 할말 없지만, 하루 종일 해변에서 뒹굴거리며 마음껏 수영을 하고 밤에는 술을 마시거나 영화를 보는 것 외에 아무것도 원하지 않는다면, 하와이만큼 편안한 곳은 이 세상 어디에도 없을 것이다. 거기에 냉국수까지 곁들인다면 지상천국이 따로 없다.

지금 여기서 가장 평판이 좋은 영화는 론 하워드 감독의 〈코쿤〉으로, 평일에도 영화관이 상당히 붐빈다. '코쿤'이란 누에고치란 뜻인데, 어째서 그런 제목이 붙었는지 말해버리면 영화가 재미없어지니까 설명은 삼가겠다. 플로리다의 고급 양로원에서 여생을 유유자적(그러나 무척 쓸쓸하게) 보내는 노인들과 그곳을 찾은 외계인의 교감을 그린 훈훈한 작품이다—뭐야, 그럼 〈E.T.〉랑 똑같잖아, 하고 생각하시는 분이 틀림없이 있을 것이다. 옳은 말씀, 정말 똑같습니다. 내 주위의 미국인 관객들이 모두 훌쩍훌쩍 울고 있었는데, 그런 점까지 실로 〈E.T.〉와 비슷하다. 그러나 같은 론 하워드 감독의 작품인 〈스플래시〉와 〈E.T.〉

를 섞어놓은 것 같은 영화라고 표현하는 게 보다 정확할지도 모르겠다.

무엇보다 〈E.T.〉가 어린이를 주인공으로 한 것에 반해 〈코쿤〉의 주인공은 쭈글쭈글한 노인네들이니, 그만큼 이 영화의 시점도 〈E.T.〉보다 한층 굴절돼 있다고 할 수 있다. 노인 역을 맡은 베테랑 배우들의 연기도 볼만한데, 특히 돈 아메체가 브레이크댄스를 추는 장면은 대단한 호평이었다. 론 하워드로 말하자면 〈청춘 낙서〉에서 어딘지 모르게 연약해 보이는 남자 우등생 역을 맡았던 사람인데, 감독으로의 역량도 무시할 게 못 된다. 〈스플래시〉는 일본에서 크게 흥행하지 못했지만, 이 〈코쿤〉은 꽤 분위기가 좋은 영화니까 일본에서도 히트했으면 좋겠다. 그러나 일본의 영화사 같으면 등장인물의 대부분이 노인과 외계인인 영화 따위는 기획 단계에서 일찌감치 제작을 거절했겠죠.

이 〈코쿤〉이 명랑하고 긍정적인 외계인 영화라면, 토브 후퍼의 신작 〈뱀파이어〉는 우울하고 부정적인 외계인 영화다. 원작자는 콜린 윌슨이라고 하는데 책을 아직 읽지 못했으니 비교할 길은 없다. 간단히 말해 〈에어리언〉과 〈좀비〉와 〈고스트 버스터스〉를 한데 뭉뚱그려 토브 후퍼 특유의 그로테스크성으로 양념한 것과 다름없는 작품이니까, 그런 분위기를 싫어하는 사람은 안 보는 게 현명하리라. 나는 이런 유의 영화를 꽤 좋아하는 편이라 재미있게 봤지만, 얼마간 장난스러운 느낌이 있어서 중간쯤까지 보니 싫증이 났다. 후퍼의 주무기는 적은 예산으로 만든 영화의 악취미적인 요소들이니까, 이 정도 되는 대작을 끝까지 관람하기 좀 힘겹다. 그래도 집요하게 악취미적 요소를 살린 장면을 보면 과연 대단하다 싶다. 관객은 드문드문.

존 부어먼의 〈에메랄드 포리스트〉는 개봉 첫날이기도 해서 제법 관객들이 많았다. '실화에 기초했다'는 사전 광고가 있었는데, 줄거리가 너무 매끈하게 다듬어져 있어 어디까지가 '실화'인지 잘 모르겠다. 경험상 '실화에 기초를 두었다'는 할리우드 영화만큼 수상쩍은 것도 없기 때문이다. 아마존의 원주민에게 아들을 납치당한 아버지가 십 년 동안 아마존 정글을 헤매며 아들의 행방을 찾아다닌다는 얘기인데, 부어먼 특유의 원시적인 폭력성이 곳곳에 드러나 있어 나름 박력 있다. 그러나 이야기의 흐름이 너무 매끄러워서 도중에 '뭐야, 뭐야' 싶다가, 결국 끝에 가선 서둘러 이야기를 마무리하는 꼴이 되어버린다.

부어먼으로 말하자면 뭐니 뭐니 해도 〈포인트 블랭크〉 〈서바이벌 게임〉 〈엑스컬리버〉 세 편이 최고고 나도 굉장히 좋아하는데, 나머지는 약간 격이 떨어진다. 식인종들이 한데 보조를 맞추어 정글 속을 "우호, 우호, 우호" 행진하는 장면은 타잔 영화 같기도 한 게 아주 재밌다. 부어먼이라는 사람은 무슨 생각으로 영화를 만드는 건지 알 수가 없어 찜찜하다.

그러나 무슨 생각인지 잘 모르겠다는 점에서는 〈레드 소냐〉를 감독한 리처드 플래이셔 쪽이 한술 더 뜰지도 모르겠다. 이 영화는 〈코난〉과 〈코난 2—디스트로이어〉에 이은 라우렌티스의 로버트 E. 하워드 원작 시리즈 세번째 작품인데, 뒤로 갈수록 어째 전압이 약해진다. 개인적으로는 이런 유의 영화를 좋아하는 터라 그래도 호의적인 눈으로 보는 편인데, 그럼에도 〈레드 소냐〉는 좀 심하다는 생각이 든다. 〈터미네이터〉로 순식간에 평판이 올라간 아널드 슈워제네거도 〈레드 소냐〉에서는 전혀 빛이 나지 않는다. 당연히 관객들도 그다지 흥이 나지 않는 듯 박수도 없다. 로버트 E. 하워드의 원작 중에는 이보다 훨씬 스릴 있고 와일드한 작품이 많은데, 어째서 이렇게 평범하고 시시하기 짝이 없는 작품을 영화로 만들어야 했는지 이해하기 어렵다.

〈페일 라이더〉와 〈실버라도〉, 이 흥미진진한 서부극 두 편에 대해서는 다음 주에 말씀드리겠습니다. COMING SOON!

호놀룰루 영화관 (2)

지난주에 이어 영화 이야기. 클린트 이스트우드의 〈페일 라이더〉는 오랜만에 나온 대형 서부극으로 업계의 주목을 모았는데, 개봉 첫주에 벌써 흥행 순위 1위로 치솟았다. 이스트우드의 인기는 과연 놀랍다. 관객의 반응도 좋고, 작품의 완성도도 꽤 높다. 스토리는 대충 〈셰인〉과 비슷한데, 그렇다고 〈셰인〉 팬들이 〈페일 라이더〉를 마음에 들어할까 하면 전혀 그렇지 않을 것 같다.

〈셰인〉과 〈페일 라이더〉는 줄거리가 비슷한 만큼 내용상의 차이가 두드러지는 기묘한 상관관계를 지닌 영화다. 〈셰인〉의 앨런 래드가 전후 민주주의적(이건 물론 일본적인 시각이지만) 모럴리즘의 분위기를 풍기는 데 반해, 이스트우드는 슈퍼 내추

럴이라 해도 좋을 정도로 무기질적인 마초 역이라 그 거친 느낌이 피부에까지 전해져 무척 재미있었다. 대부분의 비평가도 이 〈페일 라이더〉에는 호의적이어서, '클린트 이스트우드는 이 장르에서 작품을 낼 때마다 세련미를 더해간다'라든가, '과거 십 년 사이 최고로 완성도가 높은 웨스턴 무비'라는 의견이 지배적이었다. 언제나 그렇듯 촬영은 브루스 서티스가 맡았는데, 영상은 〈연쇄 살인〉 때처럼 극단적으로 어둡지는 않다. 이스트우드의 영화는 뉴욕에서는 이상하게 흥행에 실패한다는 게 정설이었는데, 이번에는 내용이 좋다는 평판 덕에 뉴욕 동부에서도 크게 히트했다.

같은 마초 영화지만 〈람보 2〉는 비평가들에게 곤죽이 되도록 혹평을 받았다. 그럼에도 1억 달러나 되는 수익을 올리며 올여름 최고의 블록버스터가 되었다. 레이건 대통령은 이 영화를 보고 "이다음에 인질 사건이 일어났을 때 미국이 취할 방법은 이미 정해졌다"고 말했다 한다. 신문에 바주카포를 맨 레이건을 그린 만화도 실렸는데, 제목에는 '레간보 2'라고 쓰여 있었다. 베이루트 사건에 미국의 일반인들이 품고 있는 욕구불만은 우리의 상상 이상으로 심한 것이다. 그런 의미에서 실로 타이밍 딱 좋게 개봉한 셈이다.

많은 비평가들은 이 작품이 우익적 정치 메시지를 담고 있는

데에 생리적인 불쾌함을 표명하고 있다. 스탤론 자신도 "다시 한번 전쟁이 일어난다면 우리가 이긴다"라고 말했을 정도니까, 과연 심하긴 하다. '그렇다면 스탤론 씨는 베트남전쟁 당시 대체 무엇을 하고 있었나?' 어느 신문이 이렇게 지당한 의문을 제기했다. 이 신문에 따르면 그는 유복한 집에서 태어나 매일 역도를 하면서(그의 어머니는 트레이닝 센터를 운영하고 있었다), 열아홉 살 때 부잣집 자식들만 들어가는 스위스의 아메리칸칼리지에 입학했으며, 거기서 여대생들에게 체조를 가르치는 아르바이트를 하고, 그뒤에 마이애미대학 연극과에 입학했다. 그리고 그사이 베트남전쟁은 종결되고 말았다. 이런 남자가 다시 한번 베트남전쟁을 하자고 말할 자격이 있느냐는 게 그 칼럼니스트의 의견이었다. 뭐 그건 그렇다 치고, 작품 자체는 지극히 평범하니 딱히 평하고 자시고 할 것도 없다고 나는 생각한다.

서부극 하면 〈페일 라이더〉보다 일주일 늦게 개봉한 로런스 캐스단 제작, 감독, 각본의 〈실버라도〉가 정말 멋진 서부극으로, 내 개인적인 취향으로는 〈페일 라이더〉보다 이쪽이 몇 배는 더 재미있었다. 간단히 말해 지금까지 히트한 서부극의 재미있는 요소를 전부 긁어모은 위에 〈스타 워즈〉와 〈레이더스〉의 속도감을 가미해 보는 이들을 스크린 속으로 쭉쭉 빨아들이는 작품이다. 저거야, 바로 저거, 하는 사이에 두 시간이 훌쩍 지나가버

린다. 과연 로런스 캐스단답달까, 정말 대단하다. 스토리 자체는 이른바 '흔히 있는 얘기'인데, 연출과 카메라의 움직임 모두 홀딱 반할 정도로 섬세하고 신선해 지루한 부분이 한 군데도 없다. 캐스팅도 절묘하다. 신문에서는 '만약 이 영화가 서부영화를 부활시킬 수 없다면, 이후의 어떤 영화도 그 부활을 이룰 수 없을 것이다'라고 절찬했는데, 나 역시 동감이다.

스필버그가 프로듀싱을 하고 스토리를 쓴 〈구니스〉는 완전히 기대에 못 미쳤다. 공전의 양식이 활력을 잃기 시작한 무렵의 디즈니 영화와 실로 비슷하다. 스필버그도 이쯤에서 다시 심기일전하지 않으면 팬들에게 싫증을 안겨줄 것 같다.

신문에 의하면 올여름 시즌 영화는 흥행이 상당히 저조하다고 한다. 그러고 보니 작년 여름에도 나는 한 달 반 정도 미국에 있으면서 영화를 마구 봐댔는데, 그에 비해 올해의 작품들에는 어쩐지 활기가 부족하다. 무조건적으로 재미를 느낄 수 있었던 것은 〈실버라도〉 정도고, 그 영화도 영화관이 터져나갈 듯한 분위기는 아니었다.

작년에는 〈고스트 버스터스〉 〈그렘린〉 〈베스트 키드〉 등, 영화관을 들썩이게 만든 영화가 줄을 이었다. 미국인들의 견해로는 '작년에는 올림픽도 있었고 마이클 잭슨의 투어도 있었고 대통령 선거도 있어서 상승효과가 작용했지만, 올해는 이미 축제가 끝난 뒤니까'라서 그렇단다. 영화뿐만 아니라 미국의 올여름은 전체적으로 상당히 저조하다.

그것만이 아니다. 나의 서핑 실력도 몹시 저조하다. 중고 서프보드를 사서 매일 바다 한가운데로 나가는데, 이곳 소년들처럼 재주 좋게 파도를 타기가 꽤 힘들다. 파도에 한바탕 혼쭐이 나서

이 원고를 쓰는 지금도 몸이 울렁거릴 지경이다. 구게누마 해안의 파도와는 몹시 다른 듯하다. 파도의 권위자인 안자이 미즈마루 씨에 따르면 "한 달쯤은 지긋하게 관찰해봐야 파도를 탈 수 있다"라는데, 그러자면 한 달 동안 파도만 보다가 휴가가 끝나버릴 거다.

중년이란 무엇인가?
그 첫번째 '탈모에 대하여'

며칠 전 어느 주간지에서 '나의 이십대'라는 코너에 내 얘기를 싣고 싶으니 이십대에 찍은 사진을 한 장 빌려달라는 전화가 걸려왔다. 나는 옛날에는 사진 찍기를 그다지 좋아하지 않았기 때문에(지금도 별로 좋아하지 않는다) 이십대 시절 사진이 거의 없는데, 그래도 어떻게 대여섯 장은 찾아냈다.

그런데 그 십 년 남짓 이전의 사진을 보고서 내 머리카락이 이십대 때보다 훨씬 풍성해졌다는 것을 발견했다. 처음에는 머리 모양이 달라진 탓이겠지 했는데, 몇 번을 다시 보아도 단연 지금의 머리숱이 더 많다. 덥수룩할 정도로 빼곡하게 들어차 있다. 이발소도 옛날보다 더 자주 간다. 참으로 불가사의한 일이다. 나이를 먹으면서 머리숱이 많아진다는 건 흔한 얘기가 아니다.

아내는 "옛날에 비해 머리를 안 쓰니까 스트레스가 없어져서가 아닐까?"라고 간단히 말하는데, 암만 별 볼일 없는 소설이라 해도 소설을 쓰는 이상 나름대로 머리를 쓰고, 머리를 쓰면 자연히 스트레스도 쌓인다. 문단이며 출판업계, 세금, 대출금 등 신경쓸 일도 많고, 소설가도 옛날처럼 한가로이 뜰에 앉아 참새떼를 바라보며 "벌써 봄이로군" 하고 주절거릴 수 있는 시대가 아닌 것이다. '머리를 안 쓰니까'라는 말로 간단히 치부하지 말았으면 좋겠다. 내게도 여러 가지 힘든 일이 있다. 그런 것들이 바깥으로 드러나지 않을 뿐이다.

그러나 곰곰 생각해보니, 아닌 게 아니라 내 머리숱이 늘어나기 시작한 것은 전업작가가 된 후부터다. 그렇다면 전업작가가 된 것이 내 생활에 어떤 변화를 가져왔는지 총괄적으로 살펴볼 필요가 있다. 그러면 내 증모增毛 현상의 수수께끼도 자연히 풀릴 것이다. 몇몇 변화를 꼽아보니 다음과 같다.

① 도쿄를 떠나 교외에서 살게 됐다.
② 사람을 만나는 일이 극단적으로 줄어들었다.
③ 아침 일찍 일어나고, 밤에도 일찍 자게 되었다.
④ 하루 세 끼를 꼬박 챙겨 먹고, 스스로 요리를 하게 되었다.
⑤ 매일 운동을 하게 되었다.

⑥ 교제상 술자리를 갖는 일이 확 줄었다.

물론 머리카락이 빠지는 데는 여러 가지 원인이 있으니 획일적인 결론을 내릴 수는 없겠지만, 내 경우에는 이러한 생활의 변화가 모발 상태에 좋은 결과를 가져다주었다고 말할 수 있을 것 같다. 뒤집어 말하면 뼈를 깎는 노력으로 소설을 쓰고 있진 않다는 얘기가 될지도 모르겠습니다만.

한때—오 년 정도 전의 일인데—머리숱이 눈에 띄게 줄어든 적이 있었다. 그 무렵엔 일 관계로 이런저런 말썽이 많아(지금도 그때 일을 떠올리기만 해도 피곤하다) 그 탓에 머리카락이 쑥쑥 빠져나갔다. 욕실에서 머리를 감으면 매번 바닥 배수구에 입이 딱 벌어질 정도로 많은 머리카락이 뒤엉켜 있었다.

나는 원래 머리숱이 많은 편이라서 처음 한동안은 전혀 신경 쓰지 않았는데, 얼마 안 가 목욕을 마치고 거울 앞에 서면 머리카락 사이로 두피가 조금씩 들여다보이는 지경에 이르렀다. 그리고 어느새 주변 사람들로부터 "이마가 좀 벗어진 것 같은데" 하는 소리를 듣게 되었다. 이 단계까지 가서야 나도 머리 상태를 의식하게 되어, 머리모양을 바꾸기도 하고 헤어토닉으로 열심히 두피를 마사지하기도 했다. 탈모나 발기부전 같은 것은(후자는 아직 관계없지만) 비만이나 금연처럼 스스로 노력한다고 어

떻게 개선되는 종류의 증상이 아닌 만큼, 당사자의 심경이 몹시 암담하다.

그러나 타인이란 참으로 잔혹해서, 본인이 그 사실을 염두에 두면 둘수록 "까짓것 괜찮아, 요즘에는 진짜 같은 가발도 많으니까"라는 둥 "하루키 씨, 대머리도 나름대로 귀여우니까 염려 놓아요"라는 둥 정말 집요하게 나온다. 이게 귀 한쪽이 잘려나갔다거나 하는 정도라면 다들 동정의 마음을 가질 테고 앞에 두고 놀려대지도 않을 텐데, 탈모란 구체적인 통증을 수반하지 않으니 진지하게 동정을 받는다는 건 불가능에 가깝다. 특히 젊은 여자는 자신이 대머리가 될지도 모른다는 공포심이 없는만큼 이런 유의 일에는 정말 철딱서니가 없다. "아이, 볼썽사나워, 정말 대머리가 됐잖아. 어디 봐요, 어머, 머리가죽이 보이네. 징그러워, 우아" 하며 말이다. 이런 경우에는 꽤 화가 치민다.

하지만 고맙게도 나를 둘러싸고 있던 성가시고 불쾌한 상황이 개선돼감에 따라 나의 탈모량도 서서히 줄어들어, 두세 달이 지났을 무렵에는 감쪽같이 원래 상태대로 회복되었다. 그후로 머리카락 때문에 마음을 졸인 적은 한 번도 없다. 또다시 언젠가 어떤 커다란 문제에 휩쓸려 머리카락이 빠질지도 모르지만, 그때까지는 가능한 한 사소한 일에 안달복달하지 않고, 필요 이상으로 많은 일도 하지 않으며 느긋한 나날을 보내고 싶다.

중년이란 무엇인가?
그 두번째 '비만에 대하여'

지난주에 탈모에 대한 이야기를 했으니까 이번 주에는 비만에 대해 쓰겠습니다. 그다지 달가운 화제가 못 되므로 읽고 싶지 않은 분은 안 읽어도 상관없습니다.

중년이 되어(나는 서른여섯 살이니 이제 싫든 좋든 중년 초기에 속한다) 가장 곤란한 일은, 가만히 내버려두면 점점 살이 찐다는 것이다. 이십대 무렵에는 아무리 먹어대고 마셔대도 체중계의 바늘이 60킬로그램 선을 넘어서는 일이 거의 없었는데, 최근에는 조금만 방심하면 눈 깜짝할 사이에 65킬로그램 정도가 되어버려 아연실색한다. 아무래도 나이를 먹으면 '아연실색하는' 경험이 날로 풍성해지는 것 같다. 참으로 난감한 일이다.

한동안 장편소설에 매달려 있느라 시간이 아까워서 조깅을 쉬었더니, 지난 2월 내 체중은 마침내 66킬로그램이라는 미지의 영역에 발을 내딛고 말았다. 운동 부족에다 일에서 오는 긴장감 때문에 과식과 폭음이 겹쳤으니 살이 찌는 게 당연하다. 이 정도 체중이 되니 사뭇 몸이 무겁고, 29인치 바지에 몸을 쑤셔넣기도 힘들어졌다. 그래서 석 달 동안 감량에 감량을 거듭한 결과 59킬로그램까지 체중을 줄이는 데 성공했다. 조금 더 힘을 내어 어떻게든 58킬로그램 선에 정착했으면 하는 바람이다. 나는 키가 168센티미터니까, 그 정도 체중이 가장 생활하기 편하다. 내 경험상 한 달에 2킬로그램 정도의 감량에는 그리 대단한 노력이 필요하지 않다고 생각하는데, 그래도 '찌기는 쉽고 빼기는 어렵다'는 원칙에는 변함이 없다. 또 다르게는 '비만에 이르는 길은 짧고 평탄해도, 체중 감량에 이르는 길은 멀고도 험하다'고 표현할 수 있겠다.

하기야 이 점은 체질 탓도 있으니, 중년이 된다고 너나없이 모두 살이 찌는 것은 아니다. 예를 들어 안자이 미즈마루 씨 같은 경우는 나보다 한 단계(혹은 반 단계) 위의 중년인데도 늘 늘씬한 것이 부럽기 짝이 없다. 그리고 우리 아내 같은 경우도 절대로 살이 안 찌는 체질이다.

살이 찌는 체질인가 안 찌는 체질인가에는 유전적인 요소가 많이 작용하는 것 같다. 이 점은 제삿날이나 결혼식 등 친척들이 한데 모이는 자리에 나가 주위를 휘 둘러보면 명료하게 이해할 수 있다. 내 경우 우리 친척들은 뚱뚱하다고 할 정도는 아니지만 꽤 통통한 체형의 사람이 많고, 아내 쪽의 친척들은 대개 다 야위었다. 그래서 나는 가끔 친척들이 모이는 자리에 가기 전에는 '상당한 각오로 임해야겠는걸' 하고 결심을 새로이 다지고 운동에 힘쓴다.

마쓰모토 세이초의 오래전 단편 중 새끼손가락이 짧다는 이유로(아마도 그런 내용이었던 것 같다) 박복한 운명을 짊어져야 했던 일가족의 이야기가 있는데, 나는 요즘 들어 그런 사람들의 기분을 잘 이해할 수 있게 되었다. 인생이란 본질적으로 불공평하고 불평등한 것이다. 어떤 부류의 사람들이 노력 없이는 결코 얻을 수 없는 것을 다른 어떤 부류의 사람들은 아무런 노력 없이도 얻을 수 있다는 것은 불공평, 불평등 외의 그 무엇도 아니다. 이런 얘기를 쓰다보니 점점 화가 난다.

그러나 그 대신—이라고 하기는 좀 뭣하지만—아내 집안에는 암으로 죽은 사람이 많은 반면 우리 집안에는 그런 사람이 거의 없다. 비만과 암 사이에 어떤 상관관계가 있는지까지는 잘 모르겠지만, 이처럼 혈통이란 꽤 흥미로운 것이다. 나는 어쩌다 결혼식에 초대받거나 하면 식장에서 좌우로 나뉘어 나란히 앉아 있는 양가 친척들의 얼굴 생김새나 체격 등을 하나하나 견주어

보며 시간을 보낸다. 기회가 생기면 꼭 한번 시도해보세요. 틀림없이 재미있을 테니까.

그건 그렇고 세상에는 비만으로 고민하는 사람이 꽤 많은지 서점에 나가보면 살을 빼는 노하우에 대한 책이 즐비하고, 또 그 대부분이 베스트셀러인 모양이다. 나도 몇 권 들춰보았지만 '이거야말로 결정판!'이란 느낌이 오는 책은 한 권도 없었다. 세 종의 책을 보면 거기에는 세 가지의 살 빼는 방법이 있고, 각각의 방법이 전혀 반대의 주장을 하는 경우가 허다한 것이다. 그리고 개중에는 몹시 극단적인 주장을 펼치는 책도 있다. 살을 빼기 위한 영양학이 아직 체계적으로 확립되지 않았으므로, 지나치게 편협한 요법에 의존하면 사람에 따라선 위험할 수도 있을 것으로 보인다.

나는 원래부터 꼼꼼한 성격이라 다이어트나 살 빼는 운동에 대해 제법 많은 연구를 했는데, 결론은 '사람의 생김새나 성격이 다양하듯이 살찌는 방식도 다양하므로, 만인에게 맞는 다이어트 방법이란 없다'는 것이었다. 그러니까 자신의 체질과 식생활, 직업, 수입에 맞추어 각자 자기에게 적합한 방법을 찾아내는 수밖에 없다. 미국의 정신과 의사처럼 권위 있는 영양과 의사가 각 개인의 얘기를 정성껏 들어가며 그에 알맞은 피트니스 프로그램을 만들어주는 게 이상적인 방법이 아닐까 생각하지만, 갑작스레 현 상황이 그런 수준에 도달할 수는 없을 것이다. 지금으로는 한데 뭉뚱그려놓은 다이어트 책을 부분적으로 참고하는 수밖에 없다.

그러나 뭐가 어찌됐든, 프렌치 레스토랑에서 디너를 먹고 디저트를 생략해야 하는 분함이나 불쾌함은 필설로는 다 표현하기 어렵다고 생각지 않습니까?

학습에 대하여

세상에는 크게 나누어 '남에게 무언가를 가르치기를 좋아하고, 잘 가르치기도 하는 사람'과 '남에게서 무언가를 배우기를 좋아하고, 잘 배우기도 하는 사람'이 있다고 생각한다. 물론 양쪽 다 잘하는 사람도 있고 양쪽 다 못하는 사람도 있겠지만, 대략 처음에 말한 두 부류로 나눌 수 있을 것이다.

나는 굳이 고르라면 '배우기를 좋아하는' 타입으로, 사람에게 무언가를 가르치는 건 완전히 젬병이다. 그래서 강연을 해달라거나 문화센터의 '소설 작법 강좌'를 맡아달라는 의뢰가 들어오면 늘 사양한다. 세상에 불행한 일이 아무리 많다 해도, 가르치는 일에 능숙하지 못한 인간이 남을 가르쳐야 하는 입장에 놓이는 것만큼 불행한 일도 없다. 내게서 소설 작법을 배운 사람이 훗날 도대체 어떤 소설을 쓰게 될지, 생각만 해도 머리카락이 쭈뼛쭈뼛 곤두선다. 가르치는 쪽도 불행하지만 배우는 쪽 역시 상당히 불행하다.

미국의 대학에는 작가가 학생들에게 소설 쓰는 법을 가르치는 '창작과'(크리에이티브 코스)라는 게 있다. 나도 직접 본 적은 없어 정확히 설명할 수 없지만, 대충 열 명 이내의 학생이 일주일에 한 번 모여 자기가 쓴 단편소설을 발표하고, 그에 대해 토론도 하는 모양이다. 그리고 선생님인 작가가 학생들의 작품을 체크하고 어떻게 고쳐 쓰라는 조언을 해주는 방식이다.

이 시스템의 좋은 점은 학생들이 프로 작가와의 접촉을 통해 유익한 조언을 받을 수 있다는 것과, 작가가 안정된 수입을 얻는다는 것이다. 선생님의 업무량이 그리 많지 않으니까 작가는 남는 시간을 자기 작품 창작에 할애할 수도 있다. 이런 시스템이 교육 수단으로 얼마나 효율적인지는 내가 판단하기 힘드나, 일본의 대학에도 얼마쯤은 이런 코스가 있어도 좋지 않을까 싶다. 내게는 도저히 무리지만 잘 가르치는 작가와 잘 배우는 학생이 만나면 그 나름의 효과를 올릴 수 있을 것이다. '소설 작법 같은 것을 과연 대학교 강의실에서 배울 수 있는가' 하는 의견은 지나치게 일면적이라고 생각한다. 사람은—특히 젊은 사람은—모든 것에서 무언가를 배워나가는 법이고, 그 장소가 대학교 강의

실이라고 나쁠 건 없다.

하긴 나 자신은 학교라는 걸 그다지 좋아하지 않아 변변하게 공부를 하지 않았고, 오히려 반항심이 투철한 학생에 가까웠다. 중학교 때는 선생님에게 맞은 기억밖에 없고, 고등학교 시절은 마작을 하거나 여자친구랑 놀러다니는 사이에 삼 년이 지나가 버렸다. 대학에 들어갔더니 학원분쟁이 기다리고 있었고, 그게 일단락될 무렵에는 학생 신분으로 결혼을 해버려 내내 생활에 쫓겼다. 이런 이유로 암만 되새겨보아도 지긋하게 엉덩이를 붙이고 학업에 힘쓴 기억이 없다. 특히 와세다대학 문학부에는 칠 년 동안이나 적을 두었으면서도—이건 자신 있게 말할 수 있는데—아무것도 배운 게 없다. 와세다대학에서 얻은 것이라곤 지금의 아내뿐인데, 아내감을 찾았다는 게 교육기관으로서 와세다대학의 우수성을 증명해주는 것은 아니다.

내가 배우기 좋아하는 인간이 된 것은 대학을 나와 소위 '사회인'이 된 후다. 어쩌면 그것은 학생 시절 마음껏 놀았기 때문인지도 모르고, 학교라는 제도가 애당초 내 성격에 안 맞았기 때문인지도 모르고, 혹은 내가 자발적으로 무언가를 실행하는 데 가치를 두는 타입이기 때문인지도 모르겠다. 그래서 일이 한가한 틈을 타 좋아하는 영어 소설을 찔끔찔끔 번역하거나 아는 사람한테 프랑스어를 배우거나 하게 된 것이다. 그뿐 아니라 일터에

고래 공장에서의 소년 시절 (미즈마루)

서도 의식적으로 사람들의 행동을 관찰하고, 여러 사람의 얘기를 주의 깊게 들으려 노력했다.

사람들의 얘기를 듣는 건 무척 재미있다. 세상에는 다양한 사람이 있고, 생각하는 방식도 다 다르다. '제법 그럴듯한데' 하고 감탄하게 되는 의견이 있는가 하면, 아무 의미도 없는 허무맹랑한 생각도 있다. 그러나 무의미하고 허무맹랑한 생각일지라도 유심히 들어보면 역시 나름의 가치기준으로 성립되어 있음을 알 수 있다. 어찌됐든 한발 물러나 상대방의 얘기를 귀담아들으려는 태도를 보이면 대부분의 사람들은 비교적 솔직하게 심중을 털어놓는다. 당시에는 소설을 쓰리라고는 생각도 못했지만,

이러한 체험학습은 훗날 소설을 쓰는 데 커다란 도움이 되었다. 이런 것은 대학에서는 배울 수 없는 것 중 하나다.

젊은 시절에 너무 공부를 많이 하면 어른이 된 뒤 완전히 공부벌레가 되거나, 반대로 공부와 담을 쌓은 생활을 하게 될 수 있지 않을까?

공부와 담을 쌓았다는 건 학생 시절에는 무턱대고 공부를 했는데 사회인이 된 뒤로는 방바닥에 뒹굴면서 텔레비전이나 보는 타입이며, 공부벌레란 아무튼 뭐라도 공부하지 않으면 안절부절못하는 타입을 뜻한다.

뭐 어차피 타인의 삶이니까 어떻든 상관없지만, 개인적으로는 어린 시절에 실컷 놀았던 사람을 더 좋아한다. 안자이 미즈마루 씨는 화풍으로 보아 꽤나 여유로운 소년 시절을 보냈을 것 같은데, 글쎄 어떨까요?

오디오 스파게티

어쩌다 신문이나 잡지류를 읽어보면 수많은 것들이 발견되고 발명되었다는 기사와 조우하게 된다. 그중에는 '호오' 하고 감탄하게 만드는 것도 있고, 대체 이게 무슨 뜻인지 알 수 없는 것도 있다. 예를 들어 '도쿄대학 이학부의 ××박사가 일본원숭이의 뇌하수체를 전기적 처리로 계층화하는 데 성공했다'는 등의 기사를 읽으면—이건 물론 엉터리 예입니다—대체 뭐가 어쨌다는 건지 도무지 이해할 수가 없다.

그러나 설령 '호오' 하고 감탄이 나오는 부류의 일일지라도, 그것이 어떤 원리에 근거하여 어떤 단계를 거쳐 성립되었는가 하는 문제에 봉착하면 더는 이해가 불가능하다. 나는 옛날부터 화학이나 물리 같은 과목에 무척 약한 편이었다.

이런 발견이나 발명은,

① 어떤 필요가 생겨서,

② 그 필요를 충족시키기 위해 필요한 이론적 고찰과 시행착오를 거친 후,

③ 발견이나 발명에 도달한다

는 과정을 밟은 것일 텐데, ①과 ③은 그럭저럭 이해했어도 ②는 너무 어려워서 알 수 없다. 그러니까 ①어떤 필요가 생겨서 ②어영부영 ③이런 것이 생겨났다는 정도로 모든 인식이 끝나버린다. 즉 비디오리코더를 예로 들면,

① 영상을 테이프에 간단히 녹화할 수 있다면 편리할 것이다.

② 어영부영, 여차저차,

③ 비디오리코더가 생겨났다,

라는 식이다. 비디오리코더가 어떤 원리로 만들어졌는지는 완벽하게 설명할 수 없다. 그러나 나는 일상적으로 비디오리코더를 아무런 불편 없이 다루고, 제법 요긴하게 사용한다. 와트의 증기기관이나 마르코니의 통신장치나 라이트형제의 비행기쯤이라면 나도 어찌어찌 그 원리를 이해할 수 있는데, 그 이후의 테크놀로지로 옮겨가면 대부분 무지한 심연의 저 밑바닥에 가라앉아 있는 듯 느껴진다.

그러나 이런 한심한 상태에 처하는 것은—결코 안이하게 동

족을 구하는 건 아니고 — 비단 나 혼자만은 아닐 것이라고 생각한다. 가령 모두들 일상적으로 사용하는 소형 계산기, 2, 3천 엔이면 살 수 있는 그 작은 물건으로 어떻게 $\sqrt{13} \times \sqrt{272}$를 계산할 수 있는지 올바르게 설명할 수 있는 사람은 그리 흔치 않을 것이다. 세상의 일반적인 사람들은 나와 마찬가지로 '이건 원래 이런 물건이니까' 하면서 계산기를 사용하고 있을 게 틀림없다고 나는 추측한다.

그렇게 보면 우리는 테크놀로지에 관한 한은 소위 절대군주적인 체제하에 놓여 있다고 할 수 있을지도 모르겠다. 어느 날 갑자기 '칙명'과도 같이 새로운 발견품 내지는 발명품이 하늘에서 떨어져, 모두들 "이게 무슨 일이지?" "잘 모르겠는데"라며 웅성웅성 떠들다가, 그래도 좌우지간 "임금님 말씀이니까 틀림없을 거야" 하며 그것에 길들여진다. 적어도 테크놀로지에 관한 한은 데모크라시라는 것도 완전히 종결을 고해버린 듯 느껴진다.

나는 지금 집에 레코드플레이어 두 대와 카세트덱 세 대, FM 튜너 한 대, VTR 두 대, 레이저디스크플레이어 한 대를 두고 사용하고 있는데, 정말 하루하루가 지옥 같다. 우선 세 대의 카세트덱을 테이프 셀렉터에 연결하고, VTR과 레이저디스크플레이어를 비디오 셀렉터에 연결한다. 그러고는 비디오 셀렉터에 FM

튜너의 아웃풋을 연결해 하이파이 녹음을 가능하게 한다. 그것을 카세트테이프에 더빙할 수 있도록 비디오 셀렉터의 아웃풋을 테이프 셀렉터에 연결한다. 그리고 FM튜너의 전원을 오디오 타이머에 꽂아…… 이렇게 궁리하다보면 어느새 뭐가 뭔지 뒤죽박죽이 되고 만다.

예를 들어 '레코드를 들으면서 FM 방송을 비디오덱으로 녹음하는 동시에 카세트에다 더빙할 수 있는가?' 하고 누가 묻는다면 한참 동안 이리저리 생각지 않고는 결론이 나오지 않는다. 결론이 났다 해도 번번이 틀리기 일쑤다. 배선을 메모한 종이를 곰곰이 들여다본들 머릿속이 혼란스러워질 뿐이다. 아내는 애당초 그런 노력을 일체 포기한 터라 오디오 장치에는 손도 대지 않는다.

제일 난감한 것은 이사를 했을 때다. 기계를 늘어놓고 선들을 다시 끼워맞추는 것만 해도 하루 일거리다. "음, 이 아웃풋이 이쪽 인풋으로 들어가고……"라고 주절거리다보면, 점점 '내가 어쩌다 이런 짓을 하게 됐지?' 하는 절망적인 기분이 든다. 고등학교 시절 처음으로 오디오 시스템을 갖추었을 무렵에는 세계가 훨씬 단순했다. 플레이어와 스피커와 종합 앰프(이런 게 있었다)를 서로 연결하면 모든 게 끝나고, 그다음에는 느긋하게 음악만 들으면 되었던 것이다. 그랬던 것이 지금은 스파게티 5인분을 방바닥에다 퍼질러놓은 듯한 전깃줄 더미에 파묻혀 악전고투해야 한다. 이것을 데모크라시의 죽음 말고 대체 뭐라 부를 수 있단 말인가?

실수에 대하여

글 쓰는 일을 직업으로 삼게 된 후 가장 절실히 통감하는 건 '인간은 반드시 실수를 한다'는 것이다. 물론 글을 쓰기 전에도 일상생활에서 수많은 실수를 해왔으니 새삼스레 통감할 필요는 없을지도 모르겠다. 그러나 글쟁이가 되기 전에는 실수를 해도 대개 "아, 미안. 실수였어" 하면 그만이었다. 상대방도 "정말 못 말린다니까" 하고 탄식하는 정도로 눈감아주었다.

그러나 글을 쓰노라면 실수가 반드시 확고한 형태로 남고, 그뿐 아니라 광범위하게 살포되기까지 한다. 실수라는 걸 깨달았다고 해서 독자 한 사람 한 사람에게 "아, 미안. 실수였어"라며 사과하고 다닐 수도 없는 노릇이다. 그런 경우에는 스스로 자초한 것일지언정 상당히 견디기 힘들다. 그 대신—이라기에도 좀 뭣하지만—나는 남의 실수나 실패에는 비교적 관대한 편이 아닌가 생각한다. 남의 말실수를 들먹거리며 "어이, 너 지난번에 이렇게 말했지? 그렇지? 안 그래?" 하고 시비를 거는 일은 절대 없다. 덕분에 십사 년간 그럭저럭 평온한 결혼생활을 영위하고 있다.

문장상의 실수로 가장 문제가 되는 것은 번역이다. 무엇보다 오리지널 텍스트가 있으니까, 나보다 어학 실력이 뛰어난 사람이 텍스트와 번역문을 꼼꼼하게 대조하면 자잘한 실수가 얼마든지 나올 수 있다.

근자에 가쓰시카구에 사는 모리시타라는 분에게서 엽서를 받았는데, '귀하의 번역문 중에 'a couple of weeks'가 '이틀'로 되어 있는데, 이것은 '이 주간'이라고 고쳐야 하지 않는가'라는 지적을 받았다. 이건 누가 뭐라 해도 순전히 나의 실수다. 죄송할 따름이다. 그리고 치부를 또 하나 드러내자면 'twenty one'을 '31'로 옮긴 적도 있다. 'bald'와 'bold'를 혼동한 적도 있다. 어떻게 그런 실수를 했는지 도무지 영문을 모르겠다. 학생 시절 시험을 보면 답안지에 '사소한 실수가 많으니 문제를 잘 살펴보도록'이라는 지적이 쓰여 있곤 했는데, 그런 성향은 나이를 먹어도 어지간해서는 고쳐지지 않는 모양이다.

다만—이런 얘기는 왠지 변명 같아 송구스럽지만—한 문장

한 단어를 정확하게 번역하고자 온종일 끙끙거릴 때도 있다는 것을 알아주셨으면 한다. 그리하여 중요한 부분을 간신히 통과하고 비교적 평이한 부분으로 들어서면 긴장이 훅 풀려 하찮은 실수를 저지를 때가 종종 있다. 물론 나중에 텍스트와 번역문을 몇 번이나 대조해보지만 '이런 데서 틀렸을 리가 없어'라는 선입견이 있으니까, 몇 번씩 검토를 하면서도 실수가 보이지 않는다. 안타까운 일이다. 생각하면 생각할수록 식은땀이 흐른다.

남의 지적을 받을 것까지도 없이, 나중에 내가 범한 오역을 아차 하고 스스로 깨닫는 경우도 있다. 밤에 이부자리에 들어가 불을 끄고 멍하니 잠을 청하고 있는데 '아차, 잘못했다. 그건 실수였다!' 하고 벌떡 일어나는 것이다. 이런 경우는 부주의로 생긴 실수보다 한층 중대한 의미를 지닌 실수일 때가 많다. 따라서 전자보다 식은땀의 양이 훨씬 많아진다. 그러나 한편으로는 내가 부주의로 저지른 수많은 실수를 전부 끌어모아 병리적으로 분석해보면 꽤 재미있는 연구가 되지 않을까 싶기도 하다. 글뿐 아니라 일상생활의 모든 측면에서 믿기 어려운 실수를 범하며 살고 있기 때문이다. 예를 들면 '소변을 봐야지' 하고 화장실로 가려 했던 것이 욕실로 들어가 샤워까지 하고 나와서는, 그대로 방으로 돌아와 '음, 이상한데. 아직도 소변이 보고 싶은걸. 몸이 어디 좀 이상한가' 하고 고개를 갸웃거리는 정도는 다반사다. 그런 것에 비하면 'twenty one'을 '31'로 번역하는 건 그리 터무니없다고도 할 수 없을 듯하다. 열차 시간표나 전화번호부를 만드는 편집자가 되지 않은 게 천만다행이라고 생각한다.

번역뿐 아니라 지금처럼 내 글을 쓸 때도 가끔씩 형편없는 실수를 한다. 그러나 나는 데이터를 참고로 이론을 전개하는 타입의 글쟁이도 아니고, 실제 모델이 있는 소설이나 논픽션도 쓰지 않으며, 그런다고 딱히 남에게 피해를 주는 일도 없으므로, 대개의 실수나 사실관계의 오류는 웃음으로 넘겨버린다.

며칠 전 아키시마시에 사는 오카무라란 분에게서, "무라카미 씨의 소설 중에 '폭스바겐의 라디에이터'라는 표현이 나오는데 좀 이상하지 않느냐는 얘기가 모 잡지에 실렸는데 알고 계십니까"라는 편지를 받았다. 나는 자동차에 대해 잘 모르지만 누군가에게 물어봤더니 역시나 폭스바겐 비틀에는 라디에이터가 없다고 한다. 영락없는 실수다.

그러나 그 일로 내가 허리를 굽히고 사과하는가 하면, 그건 아니고 역시 그냥 웃어넘기고 만다. 왜냐하면 그건 소설이기 때문이다. 소설 속의 세계에서는 화성인이 하늘을 날아다닌다 한들, 코끼리가 작아져서 손바닥 위에 올라온다 한들, 폭스바겐 비틀에 라디에이터가 달려 있다 한들, 베토벤이 11번 교향곡을 작곡했다 한들 전혀 상관없는 것이다. 다른 식으로 말해 '아, 그래. 이건 폭스바겐 비틀에 라디에이터가 달려 있는 세계의 얘기구나!' 하고 생각하며 소설을 읽어준다면, 나는 무척 기쁘겠다.

암만 그래도 역시 실수는 참을 수 없다는 강직한 분께서는, 근일에 출간될 영어판 『PINBALL, 1973』에는 그 부분을 올바르게 고쳐놓았으니 그쪽을 읽어주십시오—라고 이 기회에 선전해봅니다.

여름의 끝

드디어 여름도 끝나간다. 나는 여름을 좋아하는 소년 아저씨—이 표현을 요즘 들어 자조적인 의미로 자주 사용한다—라서 여름이 끝나가는 것이 무척 애달프다. 여름이야 내년에 또 오지 않느냐며 스스로를 위로하지만, 해변의 방갈로가 하나둘 자취를 감추고, 고추잠자리가 하늘을 빙빙 돌아다니고, 해안에 잠수복을 입은 서퍼들이 늘어나는 걸 보고 있자면, 신나는 일들은 이제 다 끝나버렸구나 싶은 기분을 억누를 수 없다. 발상만 보면 어린아이의 그것과 거의 다름없다.

며칠 전 근처에 사는 모 광고회사 사람 집에 놀러 갔더니 부인이 나와서 "죄송하지만 여름휴가가 끝나 오늘부터 출근이에요"란다. 그런 말을 들으면 '그렇군, 여름이 끝나서 다들 사회로 복

귀하는군. 수영이니 일광욕이니 불꽃놀이니 비치 보이스니 서핑이니 하며 아직도 건들건들 놀러다니는 것은 나밖에 없어' 하는 암담한 기분에 젖는다. 나 역시 9월 초순까지는 완성해야 하는 소설이 있는데 아직 한 줄도 쓰지 않았다. 이래도 될까 싶다. 여름의 끝이란 이래저래 서글프다.

그래서 "힘드시겠네요" 했더니, "네, 집을 나서면서 긴바지를 입는 게 싫다고 소리소리를 지르던걸요" 하고 그 부인은 말했다. 그 기분을 나는 가슴이 저리도록 잘 안다. 여름이란 원칙적으로 반바지에 러닝셔츠를 입고 맥주를 마시며 보내야 마땅한 계절인 것이다. 나만 해도 요 두 달 반 동안 긴바지를 입은 적은 딱 한 번뿐이다. 여름휴가가 끝나 긴바지를 입어야 하는 그의 심경을 생각하면 남의 일인데도 딱하기 이를 데가 없다. 이렇게 여름이 후덥지근한 나라에선 반바지로 출퇴근하는 것 정도는 허락해주어야 하지 않나 생각한다. 그렇게 멋대가리 없는 에너지 절약 슈트 같은 것도 존재하는데, 샐러리맨이 반바지를 입고 회사에 간다 한들 무슨 문제가 되겠는가.

이런 얘기를 했더니 역시 회사에 다니는 친구가 "반바지 차림으로 출근하는 걸 회사가 허락할 턱이 없잖아"라면서 어이없어 했다. "난 여름 내내 긴팔 셔츠까지 입고 다녔다고. 햇볕에 그을리면 안 되니까."

이 친구는 올봄부터 손해보험회사에서 고객을 상대하는 일을 하고 있다. 하긴 고객 상대라면 긴팔 셔츠를 입어야겠다고 납득하지만, 그을리면 안 된다는 둥의 소리는 잘 이해가 안 된다. 나는 한 번도 회사에 다녀본 적이 없는 인간이라 회사라는 곳이 어떤 구조로 어떻게 돌아가는 건지 도통 모르겠다.

"저 말이지, 고객이랑 만나 얘기를 하잖아" 하고 그는 설명해 주었다. "그럴 때 상대방이 검게 타 있으면, 이 자식은 우리가 낸 보험료를 가지고 진창 놀러다녔구나 하고 생각하는 사람이 있거든. 우리 장사는 고객한테 반감을 사면 끝장이잖아. 그래서 안 된다는 거야. 나 같은 경우는 제법 살이 쪘으니까, 돈을 많이 벌어서 매일 좋은 것만 먹으니까 살이 찌죠, 하고 빈정거리는 사람까지 있다고. 난 아무거나 먹어도 살이 찌는데 말이야."

이런 얘기를 듣고 있노라면 다들 힘들게 사는구나 싶어 동정이 간다. 그는 작년까지만 해도 요트니 스킨 스쿠버니 진탕 돌아다니면서 새까맣게 탔던 사람이라 측은함이 한층 더하다. 사람이란 성장함에 따라 여름을 맞는 즐거움을 조금씩 잃어가는 모양이다.

어린 시절 우리집이 고시엔 구장에서 제법 가까웠기 때문에 여름이 되면 자전거를 타고 곧잘 고등학교 야구 경기를 보러 갔다. 고교 야구 경기의 외야석은 공짜였기 때문에 어린아이에게

여름의 끝은 쓸쓸하다

는 천국이나 다름없었다. 비닐 주머니에 든 얼음과자를 날름날름 핥거나, 녹은 물을 스트로로 쪽쪽 빨거나, 머리에 올려놓고 열을 식혀가며, 온종일 싫증도 내지 않고 야구 구경을 했다. 고교 야구는 텔레비전으로 보면 있으나 없으나 마찬가지인 해설이 주절주절 딸려나오고 아나운서 혼자 흥분해서 떠들어대는 바람에 흥이 깨지지만, 실제로 구장에 가서 관전하면 제법 괜찮은 구경거리다. 나는 텔레비전의 고교 야구 중계는 불쾌해서 거의 안 보지만 고시엔에는 다시 한번 가보고 싶다. 특히 외야석에서는 주위 관중도 시큰둥하니 한눈을 팔고 있고, '저 멀리서 고등학생들이 우당탕탕 하고 있구나' 정도의 느낌밖에 없다. 청춘이나 땀이나 눈물 같은 것은 그 어디에도 찾아볼 수 없다. 적어도 내게 고교 야구란 그런 것이었다.

고교 야구 결승전이 끝나고, 폐회식이 끝나고, 응원단이 깃발을 착착 접어 줄지어 돌아갈 무렵이 되면, 어린 마음에도 이제 여름이 다 끝났구나 싶은 감회가 느껴졌다. 폐회식이 끝나 구장 밖으로 나오면 어찌된 셈인지 항상 고추잠자리 떼가 머리 위를 맴돌고 있었다. 내 소년 시절에는 그 풍경이 여름의 끝이었다. 이 시기가 되면 고시엔의 해변도 아시야의 해변도 바닷물이 차가워져서 헤엄칠 수 없고, 밀린 숙제도 본격적으로 처리해야 한다. 신나는 일들은 모두 끝나고 만 것이다.

가끔씩 왜 이렇게 여름을 좋아하는지 스스로도 불가사의하게 생각하는데, 그 이유는 아직도 잘 모르겠다.

고교 야구 기사를 거의 싣지 않는 전국지가 하나 정도 있어도 좋겠다. 그런 신문이 있다면 구독할 만할 텐데.

무용지물의 누적에 대하여

나는 특별히 물건에 대한 집착이 심하지 않고 수집벽이란 것도 별로 없는 편인데도, 가만있다보면 사방에 갖가지 물건들이 점점 쌓인다. 주로 레코드나 책, 테이프, 팸플릿 등이고, 그 밖에 서류, 사진, 시계, 우산, 볼펜 등도 그렇다. 어떤 것들은 그 나름의 필연성에 의해 늘어나고, 어떤 것들은 아무런 필연성도 없이 늘어난다. 그러나 필연성의 유무에 관계없이 물건들은 자동적으로 늘어나고, 우리의 한정된 힘으로 그 흐름을 저지하는 것은 거의 불가능하게까지 느껴진다.

이러한 무용지물의 자연 증가 현상은 젊은 시절에는 그다지 두드러져 보이지 않지만, 인생의 한 포인트를 지나면 갑자기 명확한 형태를 띠고 우리 앞에 모습을 드러내는 듯하다. 여하튼 싫든 좋든 상관없이 주위에 물건이 늘어나 있다. 어디서 받은 물건이 있는가 하면 직접 돈을 주고 산 것도 있다. 어느 쪽인지 기억이 안 나는 것도 있다. 약간은 쓸모가 있는 게 있는가 하면 거의 아무런 쓸모가 없는 것도 있다. 그러나 그것들은 어떤 한 가지 공통된 특징을 갖고 내 주위를 둘러싸고 있다. 바로 '간단히 버릴 수 없다'는 것이다.

예를 들면 우리집에는 전부 오십 자루 정도의 볼펜이 있다. 그러나 '왜 볼펜이 오십 자루나 있는가?' 하는 물음에는 바로 대답하기 힘들다. 나는 일할 때는 볼펜을 전혀 쓰지 않고, 그 외의 일상생활에서 쓴다고 해봤자 수첩에 메모를 하거나 신용카드 영수증에 사인을 하는 정도로 한정돼 있다. 그러므로 일부러 문방구에서 볼펜을 산 기억은 거의 없다. 그럼에도 볼펜은 끊임없이 늘어만 간다. 그리고 어느 볼펜이고 잉크가 1에서 2센티미터 정도밖에 줄어 있지 않다. 이렇게 되면 내 쪽에서도 '볼펜이란 제멋대로 증식해 늘어나는 것'으로 인식하고 포기하는 수밖에 없을 성싶다.

물론 그렇다고 볼펜이 제멋대로 증식하는 것은 아니고(만약 그렇다면 멘델의 법칙에 따라 빨강 파랑 혼합이나 파랑 검정 혼합 같은 색깔도 존재할 것이다), 곰곰이 생각해보면 볼펜이 늘어나는 데도 반드시 몇 가지 이유가 있다. 기념품으로 받았거나,

누군가가 잊고 두고 갔거나, 여행지의 호텔에서 기념 삼아 들고 왔거나, 외출했다가 문득 필기구를 안 갖고 나온 걸 알고 급히 역내 매점에서 샀거나(그냥 싸니까), 그런 이유다. 그러한 경로를 거쳐 오십 자루의 볼펜이 밤새 내린 눈처럼 소리 없이 우리 집에 쌓여 있는 것이다. 이사 때마다 그 볼펜 꾸러미를 바라보며 속으로 진저리를 친다. 볼펜 오십 자루라니, 필시 평생 가도 다 못 쓸 것이다.

그러나 그 불필요한 볼펜을 성가시다는 이유로 싹 내다버리는가 하면 이게 또 힘들다. 아직 잉크가 남아서 쓸 수 있는 볼펜을 쓰레기통에다 내던지는 행위는 미네랄워터로 이를 닦는 것과 비슷한 정도의 용기를 필요로 한다. 그래서 결국 아무리 이사를 거듭해도 볼펜 수는 절대로 줄지 않는다. 가끔 '이제 잉크가 굳어버려 못 쓰게 된 게 있지 않을까' 하는 기대를 갖고 한 자루 한 자루 시험해보곤 하는데, 요새 볼펜은 품질이 좋은지 그런 예는 거의 나오지 않아 무척이나 실망하고 만다.

볼펜 정도라면 아무리 쌓여 있어도 별로 무겁지 않고 자리도 차지하지 않으니까, 눈에 보일 만큼의 실질적인 해는 없다. 문제는 책과 레코드다. 직업상 책의 수는 점점 늘기만 하고, 레코드도 제대로 세어본 적이 없어 잘 모르겠지만(세어볼 마음도 없다) 전부 삼천 장 정도는 되지 않을까 싶다. 레코드 삼천 장이라면 말이 쉽지 한 장에 앞뒤 사십오 분, 다 듣는 데 2천2백 시간은 넘게 걸린다. 요컨대 그렇게 많은 양의 레코드는 아무리 생각해도 필요가 없다. 이사 때마다 죽을 지경이다. 정말 무슨 수를 써야지 하고 뼈저리게 생각한다.

아내는 "새 레코드 열 장을 살 때 헌것 열 장을 팔아버리면 되잖아. 어차피 그렇게 자주 듣는 것도 아니니까" 하고 투덜거린다. 나 역시 그게 옳다고 생각한다. 그러나 현실적으로는 좀처럼 생각대로 되지 않는다. '이건 좀 희귀한 레코드'고 '이건 고등학교 시절 추억이 담긴 레코드니까' '별로 듣지는 않지만 이 한 곡만은 마음에 드니까'라는 식으로 생각하다보면 결국 재고가 한

장도 줄지 않는다. 속수무책이다.

실은 지금도 몇 달 앞으로 다가온 이사에 대비해 레코드 오백 장, 책 오백 권 삭감에 애쓰고 있지만, 늘 그랬듯이 간단한 일은 아닐 것 같다.

인터뷰에 대하여

요즘엔 그렇지 않지만 한때는 미국판 〈플레이보이〉에 실리는 '플레이보이 인터뷰'를 좋아해서 매호 빠뜨리지 않고 챙겨 읽던 적이 있다. 이 인터뷰 시리즈는 물론 내용의 재미가 좀 덜한 회도 있었지만 전체적으로는 꽤 높은 평균점을 기록했다고 생각한다. 특히 커트 보니것이나 멜 브룩스 편의 내용은 지금도 생생하게 기억한다.

지금은 그렇게 드문 일이 아니나 이전에는 그렇게 많은 지면을 할애해 상대방의 이야기를 실어주는 인터뷰 기사가 달리 없었으므로 얘기하는 쪽도 진지한 자세로 임해서, 그 결과 대부분의 경우 제목대로 '솔직한 대화candid conversation'를 이끌어내는 데 성공했다.

물론 길이만 길다고 상대방이 솔직하게 얘기하는 것은 아니니 사전에 대충 대화의 방향을 설정한 프로그램 같은 것이 있고 방침도 분명하다. 그러지 않으면 롱 인터뷰란 그저 언어의 방류에 지나지 않는다. 바로 이런 부분을 어떻게 잘 요리하는가에서 인터뷰어의 역량이 드러나는 것이다.

〈플레이보이〉 인터뷰의 기본 방침은 대략 다음과 같다.

① 그 분야에 전문 지식을 갖춘 인물을 인터뷰어로 지정하되, 지면에서는 이름을 밝히지 않는다.

② 인터뷰어는 원칙적으로 상대방에게 70퍼센트 정도의 호의를 갖고 있는 것이—아니면 적어도 상대방이 그렇게 느끼게 하는 것이—바람직하다(나머지 30퍼센트로 도발적인 발언을 한다).

③ 이야기의 흐름이 끊기거나 정체되지 않아야 하며, 질문은 간결하게 한다.

물론 이것은 〈플레이보이〉의 방침이므로 다른 모든 인터뷰에 그대로 적용할 수는 없지만, 그래도 이 세 가지 포인트가 일반적인 인터뷰를 성공적으로 이끄는 데 중요한 열쇠라는 건 틀림없는 사실일 것이다.

좀더 다르게 말하면,

① '아니, 뭐야, 이런 것도 모른단 말이야?' 하고 상대방이 업

신여기지 않도록 한다. 즉 사전조사를 면밀히 한다.

② 상대방을 편안하게 만들어 이야기를 유도해내며, 이따금은 바짝 긴장시킨다.

③ 프로그램에 얽매이지 않고 상대방의 발언에 임기응변으로 대처하며 이야기의 큰 줄기를 진전시킨다.

정도가 되는데, 말로 하기는 쉽지만 실제로 해보면 이처럼 어려운 일도 없다. 나도 인터뷰에 흥미가 있는 터라 몇 번 인터뷰어 역할을 해본 적이 있는데 그리 간단한 게 아니었다.

거꾸로 인터뷰를 당하는 입장에서도, '아, 좋은 인터뷰였다. 유익했어' 하고 기뻐할 만한 경험은 그리 많지 않다. 이건 물론 나에게도 얼마간의 책임이 있으므로 인터뷰어에게만 그 원인을 떠넘길 수는 없지만, 대부분의 경우 '이래도 되는 건가' 하는 불만이 남는다.

일본 인터뷰의 가장 큰 문제점은 인터뷰어가 사전에 준비해둔 프로그램에 지나치게 집착하는 것이라고 나는 생각한다. 무슨 질문을 받아 그에 답변을 하고, 이 얘기가 어떻게 이어질까 기대하고 있는데, "그럼 다음 질문인데요—" 하고 바로 넘어가서 실망할 때가 종종 있다. 사실 나도 그 자리에 맞춰 적당히 얘기하는 경우도 있고, 입에서 나오는 대로는 아니더라도 대충 둘러대는 경우도 있고, 꽤 애매모호한 말을 하기도 해서, 그 부분

을 파고들어오면 좀 골치 아프겠다 싶을 때도 있는데, 사실 그런 약점을 꼬집는 사람은—몇 번은 있었지만—별로 없다. 그렇게 되면 내 쪽도 스릴이 없으니 점점 더 적당주의 노선으로 흐르고 만다.

몇 년이나 소설가로 살아오며 몇십 번이나 인터뷰를 받다보니 나도 '이런 질문에는 이렇게 대답해야지' 하는 패턴이 생겼다. 이런 건 편리하다고 하면 편리하고, 재미없다고 하면 재미없는 일이다. 소설가는 자기가 쓴 소설로 모든 걸 말한다 생각하고, 특히 나는 자기방어력이 탁월한 편이라 무슨 질문을 받아도 쉽사리 솔직한 본심을 털어놓지 않는다. 그러니까 그냥 놔두면 60퍼센트는 솔직하고 40퍼센트는 방어적인 선에서 얘기가 진전되는 것이다. 그게 70퍼센트, 30퍼센트 정도 선이면 약간은 재미있는 인터뷰가 된다. 80퍼센트, 20퍼센트면 스스로 말하기도 좀 뭣하지만, 어느 정도 쇼킹한 내용이 폭로되지 않을까 생각한다.

그리고 면밀히 사전조사를 해오는 인터뷰어도 그렇게 많지 않은 것 같다. 잡지 쪽 사람들은 누구나 상당히 바쁘니까 그러려니 여기지만, 질문을 받은 쪽이 등골이 오싹해져 제대로 얼버무릴 수 없을 만한 질문을 준비해 도전해오는 사람이 별로 없다. 하긴 어쩌면 그것은 사람들이 친절하기 때문인지도 모르겠다. 나야 그편이 편하니까 고맙기는 하지만.

그나저나 인터뷰 질문이란 대개 몇 가지로 정해져 있는데, 가장 자주 받는 질문은 다음 세 가지다.

① 몇시에 일어나고 몇시에 자는가?

② 필기구는 무엇을 사용하는가?

③ 사모님과는 어디서 알게 되었는가?

이런 걸 안다고 무슨 도움이 될까 싶어 늘 염려스럽지만, 다들 묻는 걸 보면 역시 그 나름의 의미가 있나보다.

'류즈쿠' 호의 비극

사 년 전쯤에 '자동차의 가로쓰기 표기'에 대하여 어떤 신문의 칼럼난에 짧은 글을 쓴 적이 있다.

이렇게만 말하면 무슨 소린지 도무지 알 수 없을 테니까 좀더 자세히 설명하자면, 나는 그 칼럼에다 상업용 자동차의 우측면 글자가 좌우 반대로 쓰여 있는 점을 문제 삼았다.

예를 들어 '백조 드라이클리닝'의 자동차 좌측면에는 좌 → 우로 '백조 드라이클리닝'이라고 쓰여 있는데, 우측면에는 우 → 좌로 '닝리클이라드 조백'이라고 거꾸로 적혀 있다. 좌 → 우면 어떻고 우 → 좌면 어떠냐고 한다면 할 말이 없지만, 나는 옛날부터 그게 거슬려 견딜 수가 없었다. 늘 순간적으로 '아니, 닝리클이라드가 뭐지?' 하고 고민하게 된다. 그에 더해 세

탁소 이름 아래 전화번호만은 멀쩡하게 좌→우로 쓰여 있거나 하면, 이거야 지옥이 따로 없다—는 취지의 글을 썼던 것이다.

하긴 나의 주장이야 무력하기 짝이 없으니까 이런 글을 쓴다고 이 세상의 체제나 관습이 하루아침에 달라질 리는 없다. 근자의 예로는 '스자타'라는 회사의 트럭이 몹시 신경에 거슬린다. 이 경우 역시 우측면이 '타자스'로 통일되어 있기 때문이다. 어쩐지 어감상 돌부리에 걸려 넘어진 듯한 느낌이다. 그래서 나는 이 회사의 자동차를 발견할 때마다 반사적으로 눈을 돌리는데, 또 어찌된 셈인지 온 동네 여기저기에 많이도 보인다. 딱히 '스자타'란 회사에 원한이 있는 건 아닌데.

한편 디자인하는 사람도 이 문제에 적잖이 골머리를 썩는 모양이다. 자동차의 우측면에다 좌→우로 글자를 넣으면 반드시 회사 측에서 우→좌로 바꿔달라는 요청이 온다는 것이다.

그런 나의 글이 신문에 게재되고 얼마 지나, 교토의 어느 대학에서 그래픽디자인을 전공하는 마쓰미 씨라는 분이 「자동차의 우측면 가로쓰기의 기묘한 습관」이라는 네 쪽 정도의 얇은 팸플릿을 보내주었다. 그것은 '자동차의 우측면 우→좌 표기는 왜 오류인가?'라는 문제를 확실한 예증을 들어가며 논한 꽤 충실한 내용의 팸플릿이었다. 문장의 논지에 빈틈이 없고, 설득력도 있으며, 더욱이 나 말고도 같은 생각을 가진 사람이 존재한다는 사실에 상당한 용기를 얻었다.

그 당시에는 곧장 답장을 써야지 생각했는데 늘 그러듯 차일피일 미루다가 결국 사 년이라는 세월이 흘러가고 말았다. 정말 죄송합니다.

마쓰미 씨의 이 팸플릿에 따르면 일본의 자동차나 선박의 우측면 표기는 대부분 잘못되어 있다고 한다. 특히 심한 게 선박으로, 제대로 쓰여 있는 경우를 찾아내는 게 오히려 힘들 지경이란다. 예를 들어 해상 보안청의 배는 우측면에서 보면,

'토로무'

'류즈쿠'

'모리에'

'마지노'

라고 돼 있는데, 이건 상당히 우스꽝스럽다. '류즈쿠'가 '쿠즈류九頭龍'란 걸 한눈에 알아볼 수 있는 사람은 그리 많지 않을 것이며, '모리에'는 브레드&버터의 오래된 노래 제목과 비슷하고, '마지노'는 프랑스의 요새 같은 느낌이다. '토로무'는 SF스러운 게 나쁘진 않다. 그러나 어감이 좋다고 헷갈리기 쉬워도 된다는 건 어불성설이다. 1949년의 내각 통고에 '공용 문장은 좌→우로 쓸 것'이라고 규정되어 있기 때문이다. 선박의 경우 좌→우로 통일된 것은 해상 자위대와 일부 페리 회사 소속의 선박에 불

과하다고 한다. 이 팸플릿은 1977년 발행이니까 다소 사정이 바뀌었을지도 모르나, 그래도 상황이 이렇게까지 심각한 줄은 나도 몰랐다.

어째서 사람들이 탈것, 즉 차량이나 선박의 우측면에만 꼭 우→좌 표기를 선호하는가. 이것은 역시 진행하는 방향에 따라 글자를 늘어놓는다는 의식에 근거한 듯하다. 그러나 가령 '미즈마루 택배'라는 회사가 있다고 치면 이 회사의 상표는 어디까지나 '미즈마루 택배'라는 하나의 개념, 말의 덩어리로 존재하는 것이지, 결코 '미'와 '즈'와 '마'와 '루'와 '택'과 '배'라는 단순한 글자의 조합으로 성립되어 있는 게 아니다. 그러니까 이 경우에는 '미즈마루 택배'라는 마크가 일체가 되어 앞쪽으로 진행한다고 생각하는 게 옳다. 로고나 마크는 원래 그러한 것이다. 얼마 전 '배택 와 가사'라는 트럭이 달리는 걸 보았는데, 어쩐지 설사를 할 것 같아 어딘가로 서둘러 가는 것처럼 보여 무척 재미있었다.*

마쓰미 씨의 팸플릿에 나와 있는 예를 좀더 인용해보면, 교토의 시내버스에는 각기 애칭이 붙어 있는데 그중 '카사야' '즈미요기' '쿠카긴'이라는 게 있는 모양이다. 이는 물론 '야사카八坂' '기요미즈清水' '긴카쿠金閣'를 말하는 것이다.** 이런 것들도 그저 재미있다고 넘어가면 그뿐이겠지만.

---

* '택배'에 해당하는 '急便'을 뒤집어 '便急'으로 표기하면 '용변이 급하다'는 의미로 해석될 수 있다.

** 각각 교토의 유명 유적지 이름.

왜 사람들은 책을 읽지 않게 되었는가

요즘은 옛날에 비해 서점에 가는 횟수가 현저히 줄어든 느낌이다.

어째서 서점에 가지 않게 되었는가, 그 이유는 내가 글쟁이가 되었기 때문이다. 내 책이 서점에 놓여 있다는 게 어쩐지 부끄럽고, 놓여 있지 않으면 그것도 그것대로 난감하다. 이런 이유로 서점에 발길을 뚝 끊고 말았다.

그리고 집안에 책이 너무 많이 쌓여 있는 탓도 있다. 아직 읽지도 못한 책이 몇백 권이나 저장돼 있는데 거기에다 부질없이 더 올려쌓는 것도 왠지 바보스럽다. 지금 쌓여 있는 책더미를 죄다 해치우고 나면 서점에 가서 새로 읽고 싶은 책들을 사모아야지 하는데, 어찌된 일인지 도무지 한 권도 줄지 않고 오히려 날로 늘어나기만 하는 상황이다.

〈블레이드 러너〉까지는 아니어도 정말 '독서용 복제인간' 같은 게 있으면 좋겠다. 그리고 그가 끊임없이 책을 읽으면서, "주인님, 이건 아주 좋습니다. 꼭 읽어야 해요"라든가 "이건 읽을 필요 없습니다"라며 다이제스트로 설명해주면 무척 편리할 것 같다. 딱히 복제인간이 아니더라도 정력이 넘치고 한가하며 책에 대한 식견이 있는 사람이 곁에 있다면 좋을 텐데, 그것도 쉽지 않다.

서점 나들이를 하지 않게 된 또하나의 이유는 신간 중에 외국소설 번역물이 눈에 띄게 줄어든 데 있다. SF나 미스터리, 모험소설 쪽에는 상당히 많지만 이런 유의 번역물은 옥석이 마구잡이로 뒤섞여 있어, 한때 무턱대고 읽던 나도 요즘엔 거의 안 읽게 되었다. 이런 걸 빼면 번역소설의 간행량은 극단적으로 적다. 한 출판 관계자는 "순수문학 번역물은 전혀라고 해도 좋을 정도로 안 팔린다"고 말하는데, 이유가 뭐든 유감스러운 일이다.

그리고 또 나 자신의 독서 시간이 대폭 감소했다는 이유도 있다. 출판사 사람들을 만나면 하나같이 입을 모아 "요즘 젊은 사람들은 한자리에 앉아 지긋하게 책을 읽을 줄 모른다니까요"라며 투덜거리고, 나도 덩달아 "그래요, 그것참 한심한 일이죠" 하고 장단을 맞추곤 하지만, 곰곰 생각해보면 나 자신도 이젠 책을

한때 독서를 권장하는 인생상담가가 있었는데
좀 이상했다 (미즈마루)

별로 안 읽는다.

십대 시절 『카라마조프 가의 형제들』과 『장 크리스토프』 『전쟁과 평화』 『고요한 돈강』을 세 번씩 읽었던 것이 정말 옛날 일처럼 느껴진다. 당시에는 책의 두께가 두꺼울수록 좋았던지라, 『죄와 벌』 같은 작품은 페이지가 너무 적어 성에 안 찬다고 생각했을 정도였다. 그 시절에 비하면—나이를 먹어 책 한 권을 찬찬히 읽게 되었다는 변화도 있지만—독서량이 오분의 일 정도로 줄어든 것 같다.

어찌하여 이렇게 책을 읽지 않게 되었는가. 그건 한마디로 독서에 할애하는 시간이 줄었기 때문이다. 요컨대 독서 외의 활동에 시간을 많이 뺏긴 탓에 책을 읽을 수 있는 시간이 줄어버린 것이다. 예를 들면 러닝이 하루에 한 시간 반에서 두 시간, 음악을 듣는 데 두 시간, 비디오를 보는 데 두 시간, 산책에 한 시간…… 이렇게 따지다보면 차분하게 앉아 책을 읽을 시간 따위 거의 없다니까요, 정말로. 뭐 직업상 읽어야 할 책은 한 달에 몇 권씩 의무적으로 읽긴 하지만, 그 범위를 벗어난 책은 솔직히 말해 도무지 읽지 않는다. 한심한 노릇이다.

하지만 이런 상황 내지 경향에 빠진 건 결코 나 혼자만은 아닐 것이다. 요즘 젊은이들이 책을 읽지 않게 된 것 역시 독서 외의 다양한 활동에 시간과 돈, 에너지를 대폭 할애하는 까닭이라고 나는 추측한다. 내가 젊었을 때는 — 얘기가 갑자기 아저씨 같아지지만 — 전반적으로 시간이 남아돌아서 '하는 수 없지, 책이라도 읽을까' 하고 생각하기 쉬웠다. 당시에는 비디오도 없었고, 레코드도 상대적으로 비싸 그리 많이 살 수 없었고, 스포츠도 오늘날처럼 번성하지 않았다. 시대적인 분위기도 대단히 이론적이어서, 어떤 종류의 책을 일정량 독파하지 않으면 주위에서 업신여김을 받는 풍조가 있었다.

그러나 요즘에는 "그게 뭐야? 안 읽었어. 알지도 못하는걸" 하고 아무렇지도 않게 넘어간다. 그 밖에도 할일이 얼마든지 많고, 자신을 표현할 수 있는 장소와 방법, 미디어가 각양각색으로 갖추어져 있다. 결국 독서란 것이 유일한 신화적 미디어였던 시대가 급속하게 종식되고 만 것이다. 지금의 독서는 다양한 각종 미디어 중 한 가지에 지나지 않는다.

그러한 경향이 좋은지 나쁜지는 나도 잘 모르겠다. 아마도 대부분의 사회현상이 그렇듯 이 역시 좋지도 나쁘지도 않을 것이다. 개인적으로는 교양주의적, 권위주의적 풍조가 사그라진다는 건—사그라지고 있는 게 맞겠지—기쁘게 생각하나, 한편 한 사람의 글쟁이로서 책이 안 읽히게 된 것을 유감스럽게 생각하기도 한다. 그렇지만 또 한편으로 우리(출판에 관계된 여러 사람을 말합니다)가 의식과 체질을 바꾸어, 새로운 지평에서 새로운 종류의 좋은 독자들을 사로잡는 일은 가능하리라 생각한다. 언제까지고 한탄만 한다고 묘책이 생기진 않으니까.

술에 대하여

소설을 쓰기 시작한 지 얼마 안 되었을 무렵, 당시 〈태양〉 편집장이었던 아라시야마 고자부로 씨가 "무라카미 군, 자네는 항상 맥주만 마시는 모양인데, 그건 아직 젊어서 그래. 어느 정도 나이를 먹으면 맥주에서 다른 술로 기호가 바뀌게 될 걸세"라고 한 적이 있다.

"아, 그렇습니까?" 하고 그때는 반신반의하며 대답했는데, 과연 그로부터 육 년 남짓 지난 요즘 가만히 생각해보니 전체 주량 중 맥주의 비율이 조금씩 감소하고 있다.

좀더 정확하게 말하자면 마시는 맥주의 양 자체에는 크게 변함이 없는데 그에 더해 위스키나 와인을 마시는 양이 늘어난 것이다. 나는 젊은 시절에는 그렇게 술을 잘 마시는 인간이 아니었으나 본디 위가 튼튼한 터라 나이를 먹으면서 보통이나 보통을 약간 넘는 정도의 주량을 갖게 되었다. 일 하나를 끝내고 술잔을 기울이는 기분이란 인생의 몇 안 되는 소확행(작지만 확실한 행복) 중 하나다. 외국 속담에 '인생의 행복은 세 가지밖에 없다. 식전의 한 잔과, 식후의 한 대'라는 게 있는데, 이 말도 상당히 설득력이 있다.

그렇지만 내 주변을 둘러보면 나이를 먹으면서 주량이 늘었다는 사람은 많지 않다. 나와 또래인 사람들은 대부분 내장에 무슨 탈이 나서 "난 이제 그렇게는 못 마셔"라며 두세 잔으로 끝내고 만다. 특히 젊은 시절 술이 셌던 사람들 중에 이런 예가 많다. 정열적인 투수가 어깨를 못 쓰게 되는 것과 마찬가지로, 젊은 시절 지나치게 마셔댄 탓에 내장이 피폐해져버린 것이다. 아울러 회사에 다니는 사람은 삼십대 후반에 접어들면 많든 적든 관리직 비슷한 위치에 오르게 되므로 스트레스가 쌓이고 처자식에 대한 책임감도 느껴지고 해서 비교적 건강에 신경을 쓰게 된다. 인생, 마시고 싶은 만큼 실컷 술을 마실 수 있을 때가 꽃이다.

시부야역 앞 같은 데서 한바탕 술을 마신 뒤 시끌벅적하게 소란을 피우는 학생들을 보면, 앞으로 십오 년만 지나면 이들 중 절반 정도는 주머니에다 위장약을 숨겨두고 술을 마시겠지란 상상을 한다. 그렇게 생각하면 그들의 환성 속에서도 제행무상諸行無

常의 울림이 들려와 제법 운치가 느껴진다.

하기야 나도 학생 시절에는 한때 매일같이 근처 선술집에서 고주망태가 되도록 마셔대곤 했다. 대개 싸구려 정종을 꿀꺽꿀꺽 마셔대니까 당연히 뒤끝이 안 좋다. 누군가 취해 나동그라지면 학교 안에서 '미제 타도'라고 쓰여 있는 플래카드를 뜯어와서 들것 삼아 하숙집까지 운반한다. 플래카드도 이럴 땐 제법 쓸모가 있다. 딱 한 번 도중에 플래카드가 찢어지면서 진잔소椿山莊 옆 계단에다 신나게 등을 부딪힌 적도 있지만.

그러나 그런 어처구니없는 소동도 한 넉 달쯤 지나자 끝이 났고, 그후로는 한데 어울려 신나게 술을 마시는 일은 거의라고 해도 좋을 정도로 없어지고 말았다. 요컨대 인간관계가 나빠진 것이지만, 덕분에 나는 튼튼한 위장을 한층 갈고닦으며 오늘날에 이를 수 있었다. 아무거나 먹어도 맛있고, 술을 마셨다고 뒤끝이 안 좋을 때도 없고, 가슴 언저리가 쓰릴 때도 없다. 실제로 볼 수 없어 유감스럽지만, 내 위는 제법 좋은 색깔에다 돌고래처럼 매끄럽고 싱싱하지 않을까 추측한다. 바다에다 풀어놓으면 어딘가로 헤엄쳐가버릴 듯한 기분마저 든다.

다시 술 이야기로 돌아와서. 나는 지금은 정종을 거의 안 마시는데, 그것은 정종으로 줄곧 곤욕을 치렀던 학생 시절의 후유증이다. 그건 100퍼센트 내 탓이지 정종에는 책임이 없다. 만약 정

종을 안 마신다는 이유로 법정에 서야 한다면 나는 자기변호를 일절 포기하고 달게 죗값을 받을 생각이다.

그와 반대로 맥주의 나라에 가면 나는 분명 VIP급 빈객 대우를 받을 것이다. 개인적인 소비량도 상당하고, 소설 속에서도 꽤나 맥주 지지론을 펴며 광고를 해왔다. 나의 소설을 다 읽자마자 곧장 달려나가 맥주를 사 왔다는 사람도 몇 명 알고 있다. 소설의 질은 제쳐두고 적어도 어떤 종류의 효용은 있었던 것이다.

최근 들어서는 와인도 꽤 마시게 되었고, 지금도 부동액 논란을 개의치 않고 꼬박꼬박 마시고 있다. 원래는 별로 좋아하지 않았는데 몇 번 꼬임에 빠져 야마나시현의 양조장에 갔다가 홀딱

반하고 말았다. 그렇지만 그리 스노브하게 마시는 건 아니고, 제일 싼 캘리포니아 와인을 사와서는 페리에를 섞고 레몬즙을 짜 넣어 주스 대신 꿀꺽꿀꺽 마시는 엉터리 방식이다. 그러나 이게 또 꽤 맛있다. 리처드 브로티건을 알코올중독자로 만든 것으로 유명한 갈로의 푸어보이 보틀(손잡이가 달려 있는 대형)이 그냥 보기에도 터프한 것이 이런 목적에 최고다. 느긋하게 시간을 두고 마시기에는 로스차일드의 레드와인이 최고지만, 이건 한 병에 2만 엔도 넘으니까 그리 자주 마실 수는 없다.

위스키는 비교적 비싼 것을 좋아해서, 외국으로 나갈 때마다 면세점에서 시바스 리갈과 와일드 터키를 사와 주로 온더록스로 마신다.

그런데 내가 사는 동네는 빈 병과 빈 깡통을 회수하는 날이 한 달에 한 번뿐이다. 한 달 동안 마신 와인 병이며 위스키 병, 보드카 병, 맥주 캔을 그날 지정된 장소에 내다놓아야 하는데, 이게 또 무시 못할 양이라 양손에 봉지를 들고 두 번쯤은 왕복해야 한다. 그리고 얼렁뚱땅 다른 걸 같이 내버리지는 않는지 감시하는 동네 아주머니가 그때마다 "많이도 마셨군요" 하며 어이없어한다. 매달 그런 소리를 듣는 것도 꽤 힘들다.

최근 어쩌된 판인지 정종이 몹시 좋아져서, 대낮부터 메밀국숫집에 앉아 훌쩍거리는 일이 많아졌다. 미즈마루 씨는 "무라카미 군, 그건 인간적으로 성장했다는 뜻이야"라는데, 정말일까?

정치의 계절

나는 태어나서 지금껏 한 번도 투표라는 걸 해본 적이 없다. 어째서냐고 물으면 한마디로 뭐라고 대답하기 힘들어 "글쎄요, 왜일까요?" 하며 얼버무리는데, 좌우지간 투표를 안 한다. "그건 국민의 권리를 포기하는 행위가 아닌가"라고 누가 말한다면 '아마 그렇겠지' 하고 생각한다. 그러나 투표는 안 한다. 정치적 관심이나 의견이 없는 것은 아니지만, 그래도 투표는 안 한다.

들은 얘기에 따르면 그리스에서는 선거에 투표하는 것이 국민의 의무로 법률에 정해져 있기 때문에, 정당한 이유 없이 투표권을 포기하면 시민으로서의 다른 여러 권리를 박탈당할 수 있다고 한다. 일본에는 그런 게 없으니 투표를 하지 않더라도 얼마든지 보통사람처럼 살아갈 수 있다. 어느 쪽이 타당한 제도인가에 대해서는 논의가 분분할 테지만, 개인적으로는 일본의 방식이 좋지 않은가 생각한다. 투표하는 사람도 있고 하지 않는 사람도 있고, 사람은 각양각색이다. 내 주위에도 투표 따위는 안 한다는 사람이 꽤 있다.

어째서 투표를 하지 않는가에 대한 그들(나를 포함해)의 이유는 거의 대동소이하다. 첫째는 선택지의 질이 너무나도 기대 이하라는 것, 둘째는 현재 시행되는 선거의 내용 자체가 수상쩍어 여간해선 신뢰할 수 없다는 것이다. 특히 우리 세대에는 예의 '가두시위'를 경험해본 사람들이 많고, 시종 '선거 따위는 기만이다'라는 선동에 젖어 있었으므로, 나이를 먹어 어느 정도 자리를 잡고 나서도 순순히 투표소로 향하기 힘들다. 정당의 종적관계와 무관하게 한결같은 신념을 갖고 살아왔다는 생각도 있다. 구체적으로 뭘 했는지는 거의 기억이 안 나지만.

하지만 선거제도 자체를 근본적으로 부정하는 건 아니니까, 어떤 명확한 쟁점이 있고 오늘날의 정당들이 지니고 있는 종적인 도식이 없어진다면 우리도 투표소에 가게 되리라 생각한다. 그러나 지금까지 그런 경우는 한 번도 없었다. 기권이 많은 것은 민주주의의 쇠퇴 현상이라고 말하는 사람들이 종종 있는데, 내 의견을 말하자면 그런 경우를 제공하지 못한 사회시스템 자체가 민주주의 쇠퇴의 원인인 것이다. 표면상의 원칙론으로 기권

자에게만 책임을 지우는 것은 가당치 않은 일이다. 마이너스 4와 마이너스 3 중 하나를 고르려고 투표소까지 가라니, 가게 생겼나요, 그런 곳에?

지바에 살 때 지방선거가 있었다. 내가 앞뜰에서 고양이랑 놀고 있으려니 동네의 우두머리격인 아주머니가 밭에서 갓 뽑은 시금치를 들고 와서는 "저 말이죠, 이 동네 사람들은 모두 누구누구 씨한테 투표하기로 했어요"란다.

무슨 소린지 잘 몰라 "네, 그렇습니까"라고 했더니, 그 아주머니는 "누구누구 씨한테 표를 주면 도로 정비나 하수구 청소 같은 걸 잘해준대요"라며 시금치를 두고 돌아갔다. 그것이 투표

청탁임을 깨달은 것은 한참 지나서였다. 그때 나는 과연 지바답다며 감탄했었다. 여러 동네에 살아봤지만, 시금치를 미끼로 투표 청탁을 하는 곳은 지바 말고는 없을 것이다.

물론 시금치는 맛있게 먹었고, 투표소에는 가지 않았다. 나야 꼬박꼬박 세금을 물고 있으니 하수구 청소쯤은 해주는 게 마땅하다. 경험으로 봐도 그 누구누구 씨한테 투표하기보다 매일 구청에 전화를 걸어 직접 하수구 청소를 해달라고 말하는 게 더 간단하고 지당한 절차다. 이런 일을 겪으면 투표하러 가기가 더 싫어진다. 지바에 사는 것 자체는 상당히 즐거웠지만.

그러나 내가 이대로 한 번도 투표를 하지 않고 일생을 마칠 수 있는가 하면 결코 그렇지는 않을 것 같다. 이것은 나의 단순한 직감에 불과하지만, 금세기중에 반드시 중대한 정치의 계절이 다시금 돌아오지 않을까 싶기 때문이다. 그때가 되면 우리는 싫어도 스스로의 입장을 정해야 할 것이다. 여러 가지 가치체계들이 철저하게 전복되고, '그냥 대충 적당하게' 넘어갈 수 없게 될 것이다. 그런 날이 오면 나 역시 영화 〈빅 웬스데이〉의 마지막 장면처럼 투표용지를 손에 들고 투표소로 향하게 될지도 모르겠다.

뭐 이건 그냥 단순한 예측이고, 내 예측의 대부분은 빗나가니까 대단한 얘기도 못 되지만, 아무튼 그런 상황이 머지않아 도래

하리라는 생각이 확실하게 든다. 이런 점은 미국의 1920년대와 그에 이은 대공황에 관한 책을 읽어보면 절실히 느낄 수 있다. 미증유의 번영과 화려하고 향락적인 문화를 구가하던 1920년대의 미국이 하루아침에 와해되고, 그뒤에는 어둡고 무거운 나날과 전쟁이 찾아왔다. 물론 서로 다른 두 시대와 사회를 나란히 견주어 보는 것은 근본적으로 억지스럽지만, 그 경제적 번영의 얄팍함과 흥청망청하는 사회 분위기, 그리고 세계적인 부의 편재 상황을 보더라도, 1920년대의 미국과 우리 시대 사이에선 놀랄 정도로 수많은 공통점을 찾아낼 수 있다. 그리하여 만약 그 대공황에 필적하는 붕괴가 도래한다면, 당시의 미국과 별다를 바 없이 현재 방만한 문화 주변에 기생하며 생식하는 인사들 대부분은—혹 나도 그중 한 사람일지 모르겠지만—흔적도 없이 어딘가로 흩어져버릴 것이 훤히 내다보인다.

내가 이런 말을 한들 별 설득력이 없을지도 모르겠으나, 우리는 이제 슬슬 그러한 가치 붕괴에 대비해 스스로를 재확인해야 할 시기에 와 있는지도 모르겠다.

현기증

나는 고소공포증이 있어 높은 곳을 정말 싫어한다. '여기서 떨어졌다가는 영락없이 죽겠지' 싶은 장소에 가면 허리께가 뻐근해지면서 한 걸음도 움직일 수 없다.

그런 나에 비해 우리 아내는 높은 곳을 밥보다 좋아해서, 함께 여행이라도 가면 반드시 높은 곳에 올라가서는 깡충깡충 뛰거나 외발로 서 있거나 하면서 즐거워한다. 그런 무심함을 나는 이해할 수 없다. 단순히 놀리는 거라고밖에 생각되지 않는다.

그러나 높은 곳이면 어디든 막론하고 다 무서운가 하면 그렇지는 않고, 산이나 절벽같이 자연적으로 생성된 높은 곳은 비슷한 높이의 빌딩이나 탑 위에 올라가 있는 것에 비해 그렇게 — 어디까지나 상대적으로 — 무섭지 않다. 가장 겁나는 것은 뭐니뭐니해도 인공적으로 만들어놓은 높은 곳이다.

내 책의 표지 그림을 종종 그려주시는 사사키 마키 씨의 댁도 고층 아파트 9층인가 10층인데, 나는 그 집에 가는 게 무척 겁난다. 엘리베이터에서 내리면 허공으로 뻥 뚫린 바깥 계단을 타고 한 층 아래로 내려가야 하기 때문이다. 안쪽 벽에 손을 짚고 한 걸음 한 걸음 계단을 내려가다보면 늘 담당 여자 편집자가 "무라카미 씨, 뭐하시는 거예요?" 하며 못마땅한 표정을 짓는다. 곁에서 보면 과연 '도대체 뭘 하는 거야?' 싶겠지만, 어찌됐든 공포를 느끼지 않는 사람에게 공포의 성질을 설명하기란 매우 어렵다. 나도 때로 공포영화를 싫어하는 사람에게 일부러 그런 유의 비디오를 보여주며, "저것 봐, 전기톱에 손목이 날아갔어" 하고 놀려대니까 남 말은 할 수 없지만.

지금까지 가장 무서웠던 곳은 빈의 슈테판 대성당이었다. 그때도 나는 전혀 올라갈 엄두를 못 내고 있었는데, 아내가 끈질기게 "뭐 어때, 안 무서워. 올라가봐. 인간이라면 한 걸음 한 걸음 진보할 줄 알아야지"라며 설득하는 통에 '그럼 어디' 하고 얼떨결에 엘리베이터를 타고 말았다. 쾰른 대성당을 오를 때는 계단이었기에 도중에 겁이 나면 되돌아올 수 있었지만, 여긴 엘리베이터니까 그럴 수도 없다. 엘리베이터에서 내리자 그곳은 바람이 휭휭 불어대는 가파른 지붕 위였다. 더구나 한번 내려간 엘리

베이터는 다음 손님이 올 때까지 올라오지 않는다. 물론 지붕을 따라 철조망 울타리가 쳐져 있지만 그런 울타리 따위는 도저히 신뢰할 수 없다. 얼어붙을 듯한 겨울바람까지 쌩쌩 불어대서, 도무지 살아 있는 것 같지 않았다. 그런 공포를 겪을 바에야 진보 같은 거 필요 없다고 생각한다. 생각해보면 공포심도 재산의 하나다. 공포를 느끼지 않으면 대단하다든가, 느끼면 형편없다든가 하는 식으로 단면적인 단정을 내릴 수 없는 것이다.

그건 그렇고, 유럽의 오래된 건축물에는 제법 겁나는 곳이 많다. 특히 대성당은 하늘에 닿을 듯이 예각으로 치솟아 있어, 실제로 꼭대기에 올라가보면 어지간한 고층 빌딩의 옥상보다 훨씬 박력 있고 공포의 질도 높다. 비교문화론을 펴려는 건 아니지만, 슈테판 대성당의 지붕 위에서 느끼는 고소공포는 일본이나 미국에서 느끼는 고소공포와는 질적인 차이가 상당한 것 같다. 고소공포증이 없는 사람은 이런 미묘한 차이를 도저히 이해할 수 없을 것이다. 시간만 있다면 세계의 높은 곳을 여기저기 돌아다니며 「고소공포의 시점에서 본 고소문화론」 같은 글을 써보고 싶을 정도다. 단언컨대 그런 글은 고소공포증 환자가 아니면 쓸 수 없다.

때로 세상에는 왜 고소공포증이 있는 사람과 그렇지 않은 사람이 존재하는 것인지 심각하게 생각해보는데, 아직도 잘 모르겠다. 아무리 생각해도 유아기에는 높은 곳이 무서웠던 기억이 없고, 그렇다고 고소공포증이 유전인 것 같지도 않다. '억압된 심적 트러블의 상징적 표현'이라는 프로이트의 지론에 심증이 가는 것도 아니다. 그렇다면 나는 대체 언제 어떤 식으로 고소공포증이라는 병에 휘말리고 만 것일까?

이렇게 되면 이제 '공포의 선택이란 무작위로 이루어지는 것이다'라고 생각할 수밖에 없다. 즉 인간에게는 소위 정신의 보호막 격으로 하나나 둘쯤의 공포가 필요하기 마련이며, 그 대상은 무엇이건 상관없다는 얘기다. 내 경우에는 그것이 우연찮게 고소공포증이었던 셈이다. 그 밖에 폐소공포를 선택한 사람도 있을 것이고, 첨단공포를 선택한 사람도 있을 것이고, 암흑공포를 선택한 사람도 있을 것이다. 어쩌면 운 나쁘게도 그 모든 공포를 다 선택해버린 사람도 있을지 모르겠다. 〈레이더스〉에 나오는, 공포를 모르는 무적의 인디애나 존스 씨만 해도 뱀만은 도저히 이겨내지 못하지 않았던가? 요컨대 공포라는 것은 인간에게서 빼놓을 수 없는 하나의 요소이고, 그것을 해석하기 어려울수록 그 유효성은 크다고 나는 생각한다.

대저 우주의 거대한 암흑 속에 동그마니 떠 있는 바윗덩어리에 달라붙어 불안정한 생을 영위하는 인간이란 존재가 아무 공포도 느끼지 못하는 상황이, 내게는 더한 공포다.

피사의 사탑에도 3층까지밖에 못 올라갔습니다. 거기도 무서워요.

식자공 비화

이 연재를 시작한 지도 벌써 팔 개월째다. '마감이 있는 인생은 빨리 흐른다'는 한 미국 저널리스트의 말이 있는데, 정말 옳으신 말씀이다. 아는 척하는 것 같아 죄송스럽지만 영어로는 마감일을 '데드라인'이라고 하는데, 이 단어에는 그 외에도 '사선: 죄수가 이 선을 넘으면 총살당한다'는 의미가 있으니 일본어의 '마감'보다 훨씬 어감이 절실하다. 무섭죠.

단 마감이란 작가 쪽뿐만 아니라 상대편 편집자에게도 말 그대로 데드라인이라서, 편집자와 얘기하다보면 이 마감일 얘기가 곧잘 화제에 오른다.

① 마감일에 늦는다 ② 악필이다 ③ 건방지다, 이 세 가지는 편집자를 울리는 필자의 3대 요소라 해도 무방하리라. 나는 ③에

대해서는 제법 찔리는 데가 있지만 ①과 ②에는 대체로 결백하다. 마감일은 대개 정확하게 지키고, 글씨는 특출나게 알아보기 쉽다. 따라서 마감일을 못 지키거나 악필인 작가에 대한 불평 같은 것은 남의 일이니까 웃으며 흘려들을 수 있고, "응, 그건 좀 심한데" 하면서 적당히 편집자를 동정하기도 한다. 게다가 대부분의 경우 지필遲筆, 또는 악필이란 것은 재능이나 인격과는 (아마도) 무관한 성향 내지 경향이니까, 소문의 성격도 비교적 유쾌하고 밝다.

편집자의 얘기에 따르면 거물급 작가 중에는 마감일 사나흘 전에 전화를 걸어 "아, 이번 호 연재는 좀 쉬어야겠네!"라는 말만 하고 전화를 뚝 끊어버리는 사람도 있는 모양이다. 그런 일이 생기면 편집부에서는 벌집을 쑤셔놓은 양 한바탕 소동이 벌어진다. 우습다고 하면 우스운 일이지만, 혹 나 같은 작가가 그런 짓을 했다가는 즉각 어디 벌판으로 질질 끌려나가 총살을 당하고 말 것이다. 오 분 후에 다시 전화를 걸어 "아까 한 말은 거짓말입니다. 원고, 완벽하게 준비되어 있어요"라고 말한들 두 번 다시 일거리를 주지 않으리라.

이 정도로 심하지는 않아도 편집자가 작가의 집에서 밤을 지새웠다든가, 원고를 받아들고 전속력으로 차를 몰아 데드라인 한 시간 전에 간신히 인쇄소에 던져넣었다는 유의 얘기는 종종 듣는다. 편집자는 "××씨한테는 이제 두 손 두 발 다 들었다니까요" 하며 투덜거리지만, 내가 듣기에는 편집자 쪽도 제법 그런 데드라인 게임을 즐기고 있는 게 아닌가 하는 기분이 든다. 만약 작금의 모든 작가들이 정확히 마감 사흘 전에 원고를 완성하게 된다면—그럴 가능성은 행성직결 현상에 핼리혜성까지 겹치는 정도의 확률이겠지만—편집자 분들께선 필시 어디 바 같은 데 옹기종기 모여서 "요즘 작가들은 기개가 없다니까. 옛날이 좋았지" 하며 투덜거릴 것이다. 이것만은 목을 걸어도 좋을 만큼 명백하다.

작가 중에도 그런 사고방식을 가진 사람이 꽤 많아, 내가 막 첫 소설을 써냈을 무렵 이삼 일 뒤로 다가온 마감을 걱정하고 있으려니 "어이, 원고란 원래 마감일부터 쓰기 시작하는 거라고"라고 충고해주기도 했다. 편집부란 데선 반드시 며칠쯤 앞당겨 마감일을 잡으니 그 사람의 말에도 일리는 있지만, 나는 성격상 도저히 그렇게 하지 못한다. 마감 사흘 전까지는 원고를 완성해서, 원고지 모서리를 가지런하게 맞추어 책상 위에다 쌓아두지 않으면 영 마음이 불안한 것이다.

그리고 쿨 오프 효과라는 것도 있다. 다 쓰자마자 곧장 원고를 넘기면 나중에 가서 '아휴, 그런 내용은 쓰지 말 걸 그랬어'라든가, 거꾸로 '허 참, 이렇게 썼으면 좋았을걸' 하고 후회하는 일이

가끔 있는데, 사흘쯤 시간 여유가 있으면 그런 위험을 피할 수 있다. 어지간한 베테랑이 아닌 이상 글을 쓰다보면 의도치 않은 방향으로 빗나가기도 한다. 그러나 사흘의 여유를 둠으로써 남에게 피해를 주거나 쓸데없이 창피당하는 일을 피할 수 있다면, 그쯤이야 간단한 일이다.

다음으로, 마감 시간을 아슬아슬하게 맞출 정도로 원고가 늦으면 인쇄소 사람들에게도 폐를 끼치게 된다. 나는 고등학교 시절 신문을 만드느라 인쇄소를 자주 들락거렸기 때문에 잘 아는데, 인쇄소 아저씨들은 누군가의 원고가 늦어지거나 하면 철야를 해가며 활자를 뽑아내야 한다. 참 안됐다. 인쇄소 식자공 집에서는 부인이 식탁에 저녁식사를 차려놓고 남편이 돌아오기를 기다리고 있을지도 모를 일이다.

행여 초등학생 아들이 "아빠 되게 늦으시네"라고 말하면, 엄마는 "아빤 말이야, 무라카미 하루키라는 사람의 원고가 늦어져서 야근하게 됐대. 그래서 집에 못 오시는 거야"라고 설명한다.

"흥, 무라카미 하루키라는 사람 나쁜 놈이구나."

"그래, 맞아. 틀림없이 별 볼일 없는 시원찮은 소설을 써서는 세상을 속여먹고 있을 거야."

"엄마, 내가 나중에 커서 그런 나쁜 자식들 때려줄게."

"애는 원."

이런 대화를 상상하다보면 나는 더이상 가만있을 수가 없어 곧바로 원고를 쓰기 시작한다. 어쩌면 상상력(이랄까, 이런 건 망상력이겠죠)이 지나치게 발달한 건지도 모르겠다. 좌우지간 나는 ③에 해당하는 건방진 인간일지는 모르나, 식자공의 처자식들한테까지 미움받을 가능성만은 되도록 배제하려 한다.

독서용 비행기

앞에서 요즘은 책을 별로 안 읽는다는 글을 쓴 터에 이런 얘기를 하려니 좀 부끄럽지만, 요 한 달 사이에는 책을 제법 많이 읽었다. 일상적으로 글을 쓰다보면 이런 일이 심심찮게 일어난다. '담배를 끊은 지 이 년, 몸 상태가 아주 좋아졌다'고 쓰자마자 다시금 담배를 피우게 되거나, '넥타이를 매는 경우는 일 년에 두세 번밖에 없다'고 쓴 직후에 연달아 세 번이나 넥타이를 매야 하는 일이 생기는 식이다. 무책임하다면 무책임하지만, 뭐 세상이란 원래 그런 거다.

어째서 갑작스레 책을 읽었는가 하면, 요 한 달 사이에 전철이나 비행기를 탈 기회가 비교적 많았기 때문이다. 요컨대 이동이 잦으면 나는 책을 읽게 된다.

우선 남반구 순환 비행기로 도쿄-아테네를 왕복하면서(편도 이십 시간) 세 권을 읽었다. 존 어빙의 『Water-method Man』과 닥터로의 『다니엘서』, 조 고어스의 『Hammett』다. 남반구 순환 유럽행 비행기를 타면 몸과 마음과 위장이 다 지칠 대로 지치지만, 적어도 책은 잘 읽힌다.

『Water-method Man』은 삼 년인가 사 년 전에 읽었을 때는 도무지 감이 안 왔더랬는데, 이번에 새로 읽어보니 처음 읽었을 때보다 훨씬 재밌었다. 『가아프가 본 세상』만큼 완성도가 높지는 않지만 풍속소설을 난도질한 듯한 특유의 와일드한 재미가 있어 제법 심취할 수 있었다. 나의 개인적인 기준으로 볼 때, 첫 번째보다 두번째로 읽었을 때가 더 재미있는 소설은 좋은 소설이다. 하기야 두 번이나 읽고 싶어지는 소설도 그다지 많지 않으니까, 다시 한번 읽어봐야겠다는 기분이 드는 것만으로 충분히 좋은 소설인지도 모르겠다.

닥터로의 『다니엘서』도 『Water-method Man』과 마찬가지로 시간이 앞으로 갔다 뒤로 갔다 하는 소설이다. 따라서 익숙해지기 전에는 포인트를 잡기 까다롭지만, 한번 포인트를 잡고 나면 몸이 소설의 시간성에 자연스레 감응해 흥미롭게 읽어내려갈 수 있다. 읽는 맛이 나는 소설이다.

고어스의 『Hammett』는 작가 고유의 분위기가 잘 드러나 있어 재미는 있었지만, 실존 인물을 주인공으로 삼은 만큼 짜임새가 훤히 들여다보이는 경향이 있었다.

비행기 안에서 독서벽이 생겨버렸는지 귀국한 뒤에도 일하는 짬짬이 핀천의 『제49호 품목의 경매』를 읽었다. 지금껏 몇 번이나 영어로 읽어보려고 시도하다 좌절했던 소설인지라, 번역본이 나와준 것은 내게 커다란 기쁨이었다. 물론 핀천의 소설이니 재미있게 술술 읽히지는 않지만, 이 정도로 특이한 소설도 흔치 않을 테니 관심 있는 분께선 꼭 읽어보세요.

그다음으로 존 어빙의 신작(여전히 무턱대고 긴 소설) 『사이더 하우스』 후반부를 완독했다. 이 소설에 대한 감상은 도저히 한 마디로 요약할 수 없으므로 통과.

그리고 스파게티 소설을 세 권. 크럼리의 『댄싱 베어Dancing Bear』와 리처드 콘든의 『여자와 남자의 명예Prizzi's Honor』(제목의 뜻은 불명)와 마이클 Z. 르윈의 『침묵의 세일즈맨The Silent Salesman』이다. 스파게티 소설이란 내가 만든 말로, 스파게티를 삶으면서 읽기에 적합한 소설이라는 뜻이다. 물론 폄하하는 뜻은 아니고, 스파게티를 삶는 와중에도 무심결에 집어들게 되는 소설 정도로 받아들여주면 좋겠다. 세 권 중에서는 『여자와 남자의 명예』가 좀 얼빠진 듯한 맛이 있어 가장 재미있었던 것으로 기억한다.

다음으로 누군가의 권유를 받아 류탄지 유 전집을 세 권쯤 읽었다. 나는 일본 소설은 잘 읽지 않으므로 류탄지 유라는 사람이 문학사적으로 어떤 위치에 있는지는 잘 모르겠지만, 대체로 재미있게 읽었고 간혹 마음에 드는 작품도 있었다. 그러나 모리타 요시미쓰 감독의 〈그후〉를 보고 난 뒤로는 전전戰前 일본 소설에 나오는 주인공은 죄다 배우 마쓰다 유사쿠처럼 느껴지고 만다. 책을 읽고 있으면 거의 자동적으로 마쓰다 유사쿠의 얼굴이 떠오르는 것이다. 참으로 난처한 일이다. 영화는 무척 재미있었는데.

또 한 권, 저자 스즈무라 가즈나리 씨가 보내주신 『아직/이

미: 무라카미 하루키와 '하드보일드 원더랜드'』라는 책도 읽었는데, 이 책은 제목에서도 알 수 있듯 나에 관한 비평서이므로 감상은 쓰지 않겠다. 자신에 대해 쓴 글을 읽으면 왠지 '거울 나라의 앨리스'가 된 것 같다. 아마도 나와 무라카미 하루키라는 작가는 거울을 사이에 두고 서로 다른 세계에 동시적으로 존재하는 것 같다. 그래서 나는 가끔 독자를 만나 얘기할 때마다, 늘 누군가를 대신하고 있는 기분이 들어 마지않는 것이다.

한편 아내는 그사이에 책을 세 권 읽었다. 앨리스 워커의 『컬러 퍼플』과 헨리에테 폰 시라흐(참 긴 이름이다)의 『히틀러를 둘러싼 여인들』과 키티 하르트의 『아우슈비츠의 소녀』다. 그녀가 대체 어떤 취향과 목적으로 책을 선택하는지 나는 여지껏 잘 모른다. 아무리 부부라 해도 그 사이에 가로놓여 있는 물길은 길고도 어두운 법이다.

그러나 어찌됐든 내가 읽는 책의 영역과 아내가 읽는 책의 영역은 거의 겹치는 일이 없으므로(그나마 러브크래프트 정도가 양쪽 영역에 간신히 다리를 걸치고 있다), 서로 제멋대로 책을 사들이는 바람에 우리집의 책은 늘어나기만 한다. 어떻게 좀 하고 싶지만, 분명 어떻게 할 방법은 없으리라.

굿 하우스키핑

결혼하고 이 년쯤 되던 해, 나는 한 반년 정도 '주부'(主夫, 하우스허즈번드) 노릇을 했더랬다. 그때는 별 느낌 없이 평범하게 하루하루를 보냈는데, 지금 와서 돌이켜보니 그 반년이 내 인생에서 가장 멋진 시절이었던 듯한 기분이 든다.

하긴 당시엔 딱히 '주부'가 되고 싶었던 게 아니라, 우연찮게 연이 닿아 아내가 일하러 나가고 내가 집에 남게 된 것뿐이다. 이럭저럭 벌써 십이삼 년 전, 존 레넌이 '주부'가 되어 화제를 불러일으키기 전의 일이다.

'주부主夫'의 일상은 '주부主婦'의 일상과 다를 바 없이 평온하다. 우선 아침 일곱시에 일어나 식사 준비를 하고, 일터로 가는 아내를 배웅한 뒤 뒷정리를 한다. 싱크대 안의 그릇들을 제때 씻어놓는 것은 가사의 철칙 중 하나다. 그러고 나면 보통 신문을 읽든가 텔레비전을 보든가 라디오를 듣든가 할 테지만, 나는 그러지 않았다. 왜냐하면 당시 우리는 무형문화재처럼 궁핍해서, 라디오도 텔레비전도 못 사고, 신문을 구독할 돈마저 없었기 때문이다. 그래서 집안에는 아무것도 없다. 돈이 없으면 생활은 놀랄 만큼 심플해진다. 요새 '심플 라이프'란 옷 브랜드가 있던데, '심플 라이프'에 관해서라면 내가 훨씬 경험이 풍부할 것이다.

아침 설거지를 마치면 빨래를 한다. 새삼 말할 것도 없이 세탁기도 없으니까 욕조에서 발로 꾹꾹 밟아 빠는 것이다. 이 작업은 시간이 꽤 걸리지만 제법 운동이 된다. 그리고 넌다.

빨래를 마치면 장을 보러 간다. 장을 본다지만 냉장고가 없으니까(참 너무 가난하다) 필요한 것 이상은 살 수 없다. 재료가 남지 않도록 그날 꼭 쓸 것만 사는 것이다. 그런 형편이니 저녁 반찬이 무 된장국에 무 조림, 무즙에 버무린 잔멸치인 상황도 심심치 않게 발생한다. 이런 게 '심플 라이프'가 아니면 달리 뭐라 표현할 수 있으랴.

장을 보는 길에 '고쿠분지 서점'에 들러 새 책을 사기도 하고 값싼 헌책을 사기도 한다. 그러고는 집으로 돌아와 간단히 점심을 먹고, 다림질을 하고, 대충 청소를 하고(나는 청소를 싫어하는 터라 그다지 꼼꼼하게 하지는 않는다), 저녁때까지 툇마루에 앉아 고양이랑 놀고 책도 읽고 하면서 느긋하게 지낸다. 아무튼 한가하기 그지없었기에 나는 이 시기에 『고단샤 소년소녀 세계명작전집』을 독파했고, 『세설』 같은 소설은 세 번이나 읽었다.

사방이 어둑어둑해지면 슬슬 저녁 준비를 한다. 쌀을 씻어 밥을 짓고, 된장국을 끓이고, 조림 반찬을 만들고, 생선을 구울 준비까지 해놓고서 아내가 돌아오기를 기다린다. 아내는 대개 일곱시가 조금 안 되어서 돌아오는데, 이따금 야근하느라 늦는 날도 있다. 그러나 — 역시 새삼 말할 것도 없지만 — 우리집에는 전화가 없으므로 연락을 취할 길이 없다. 그런고로 나는 생선을 석쇠 위에 올려놓은 채, 아내가 돌아오기를

"……"

하면서 지긋이 기다리는 것이다.

일상에서 경험해보지 못한 사람은 아마 이해하기 힘들 텐데, 이

"……"

는 매우 미묘한 감흥이다. '오늘은 좀 늦어질 모양인데, 먼저 먹어버릴까' 하는 생각도 들다가, '어차피 지금까지 기다린 거 조금 더 기다려보자'라는 생각도 들고, '그나저나 배가 고픈걸' 하고 고개를 주억거리기도 한다. 이런 여러 생각이 집약되어

"……"

이란 침묵으로 나타나는 것이다. 그래서 "아, 미안해. 저녁 먹고 왔

어"란 소리를 들으면 역시 화가 난다.

그리고 이건 기묘하다면 기묘하고 그렇지 않다면 그다지 기묘하지 않은 일이겠지만, 내가 만든 음식을 식탁에 늘어놓을 때면 으레 뜻대로 안 되었거나 모양이 일그러진 쪽을 내 접시에 얹어놓고 만다. 생선 같으면 반으로 나누어 머리 쪽은 아내에게 주고 나는 꼬리 쪽을 먹는다. 이것은 딱히 내가 주부인 나 자신을 비하해서가 아니라, 단순하게 상대방을 조금이라도 기쁘게 해주고 싶은 요리사의 습성이리라고 생각한다.

그러고 보면 일반적으로 '주부적主婦的'이라 여기는 속성 중 대다수는 반드시 '여성적'인 것과 동의어는 아닌 듯하다. 즉 주부적인 속성은 여자가 나이를 먹는 과정에서 자연스레 체득하는 것이 아니라, 단순히 '주부'라는 역할에서 빚어지는 경향 내지 성향에 불과하지 않은가 하는 것이다. 그러니까 당연히 남자가 주부의 역할을 맡아도 많든 적든 간에 어느 정도는 '주부적'이 되는 것이다.

나의 개인적 경험으로 말하자면, 세상 모든 남자들이 일생에 최소한 반년이나 일 년쯤은 '주부' 노릇을 해봐야 마땅하지 않을까 한다. 그렇게 단기간이나마 주부적인 경향을 습득하고, 주부의 눈으로 세계를 바라봐야 하지 않을까. 그러면 현대사회에서 통용되는 통념의 대부분이 얼마나 불확실한 기반 위에 성립되어 있는가를 잘 알 수 있을 것이다.

나도 마음 같아서는 다시 한번 유유자적한 주부 생활을 만끽해보고 싶은데, 아내가 도무지 일하러 나가주지 않으니 그러지 못해 답답하다.

야마구치 시모다마루 군 이야기

며칠 전 야마구치 마사히로가 찾아와서는 "저, 하루키 씨. 제 필명 하나 생각해주지 않겠습니까"란다.

갑작스레 '야마구치 마사히로'라는 이름을 꺼내봤자 대부분의 독자들은 누구인지 전혀 모르실 테니까 일단 설명부터 해두겠다.

야마구치 마사히로는 지금으로부터 십 년 전 내가 운영하던 재즈 카페에서 아르바이트를 했던 남자다. 당시에는 무사시노 미술대학 학생이었는데, 가게 일에 전혀 도움도 안 되어 골치 아프게 여기고 있자니 도중에 슬며시 사라지고 말았다. 뭐 대충 그런 사나이인데, 광고 회사에 들어가 안자이 미즈마루 씨의 책을 만들기도 해서 요즘 가끔씩 만나 술을 마시곤 한다. 부인이 상당한 미인으로 안자이 미즈마루 씨는 나를 만날 때마다 "야마구치

한테는 분에 넘쳐"라고 말하고, 나 역시 그렇게 생각한다.

그래서 어느 날 야마구치 마사히로 집에 놀러갔다가 야마구치가 잠시 자리를 비운 사이에 부인에게 "저런 놈과 결혼한 걸 후회하시죠?"라고 물었더니, "아니요. 전 야마구치 씨와 결혼해서 정말로 행복해요"라는 것이다. 남의 집안 일이니까 아무려면 어떠랴 싶지만, 사람의 취향이란 참 다양하다.

그래서 또 야마구치가 다니는 회사의 여직원 몇 명을 붙들고서는 "저 야마구치라는 놈 바보지?"라고 물으면, "아니요, 야마구치 씨는 회사에서 얼마나 야무진데요. 게다가 말수도 적어서, 그 사람 앞에 서면 긴장할 정도예요"라는 대답이 나왔다. "그건 머리가 모자라서 표정이 딱딱한 것뿐이야"라고 내가 말하면, "무라카미 씨, 야마구치 씨한테 지나친 편견을 갖고 있네요"라는 소리까지 나온다.

이런 얘길 듣고 보면 나도 '어쩌면 내가 야마구치 마사히로라는 인간을 오해하고 있는 건 아닐까' 싶어 불안해진다. 야마구치 본인도 "하루키 씨는 나를 오해하고 있다니까요"라며 거리낌 없이 큰소리를 쳐댄다. 그래서 얼마 전 시험 삼아 이사를 도와달라고 불렀더니, 역시나 전혀 쓸모가 없었다. 십 년 전과 조금도 달라진 게 없었다. 그리하여 역시 나의 판단은 틀리지 않았음이 증명되었다. 물론 야마구치 마사히로는 질 나쁜 사내는 아니다. 질 나쁜 남자는 부인의 총애를 받지 못하고, 동료 여직원의 비호도 받지 못한다.

설명이 몹시 길어졌는데, 아무튼 그 야마구치가 우리집에 와서 필명을 하나 지어달라고 한 것이다.

"저, 일러스트레이터가 될까 싶어 미즈마루 씨에게 그림을 들고 갔거든요. 그랬더니 미즈마루 씨가 그 그림을 보고는 아서라, 야마구치, 그만두는 게 좋겠어, 하는 거 아닙니까."

"알 만하군."

"질투는 아니겠지요?"

"아닐 거 같은데."

"뭐 암튼 그래서요. 히히, 이번엔 저, 글을 써볼까 하거든요. 써보라는 사람도 있고요."

"그러든가."

"그래서 말이죠, 야마구치 마사히로라는 이름은 어쩐지 신좌파 같고 멋이 없으니까, 이 기회에 하루키 씨한테 필명을 하나 받아볼까 해서요. 그럴싸한 것 하나 지어주시면 카바레 클럽으로 끝내주게 모실게요."

카바레 클럽은 둘째치고, 나는 남의 필명을 요모조모로 생각해보기를 은근히 좋아한다.

"자네, 시모다에서 태어났댔지?"

"네, 그렇죠. 시모다요."

"야마구치 시모다마루는 어때?"

"무슨 어선 이름 같잖습니까. 그런 거 말고, 예를 들면 시마다 마사히코나 사와키 고타로 같은 멋진 이름 지어주셔야죠."

"그럼, 야마구치 이즈시치는 어때?"

"무슨 머리 나쁜 탐정 같은데요. 하루키 씨, 저한테 편견이 있는 거 아닙니까?"

이리하여 야마구치 마사히로는 꽤나 실망해서 돌아갔다. 카바레 클럽 얘기도 그것으로 끝.

그러나 나는 야마구치 시모다마루라는 이름이 제법 마음에 들어서, 그뒤로는 내내 야마구치 마사히로를 '시모다마루'라고 부르고 있다. 그 탓에 당사자도 점점 '시모다마루'라는 이름에 익숙해진 모양이다. 이름 때문인지 나도 야마구치 마사히로 시절의 야마구치보다는 야마구치 시모다마루로 명명한 후의 야마구치에게 훨씬 호감이 간다.

사람들은 필명이나 가게 이름을 만들 때 늘 세련되고 멋있는 이름을 고르려는 듯하다. 반면 나는 엉뚱한 이름을 골라주니까, 내가 제안한 이름은 항상 기각되고 만다. 요전에 아는 사람이 바를 개업하는데 이름을 지어달라고 해서 '대사막大砂漠'이란 이름을 제안했더니 일언지하에 거절당했다.

"글쎄, '대사막' 같은 이름이 붙은 바에 누가 들어오겠어요?"

"나라면 들어갈 것 같은데. 안이 어떻게 생겼을지 궁금하기도 하고."

"그런 호기심이 발동하는 사람은 하루키 씨뿐이라고요."

이런 식으로 아오야마, 아자부 일대에는 멋진 이름의 바들이 넘쳐흐른다. 좀 집요한 듯하지만, 만약 '대사막'이라는 재치 있는 이름의 바가 있다면 나는 주저 않고 들어갈 텐데.

바빌론 재출현

이런저런 사정으로 원래 살던 후지사와 집에서 나가야 할 상황이 되어 다시 도쿄로 돌아왔다. 넉 달 동안 도심의 맨션에서 생활해야 한다. 어찌된 셈인지 안자이 미즈마루 씨의 집 근처여서 "좋은 기회니까 같이 열심히 놀아보자고" 하며 미즈마루 씨는 꼬드겨대지, 『소설현대』의 미야다 편집장은 "여러 가지로 가르쳐드리겠습니다. 후후후" 하지, 나도 여러 가지로 힘들다. 이랬다가는 넉 달 남짓에 인격이 바뀌어버릴지도 모르겠다. 후지사와에서 갑자기 도심으로 돌아오니, 어쩐지 '마궁魔宮의 전설' 같은 느낌이다.

생각해보니 도쿄에 사는 건 이래저래 오 년 만이다. 예전에 도쿄에 살 때는 재즈 카페를 하면서 『바람의 노래를 들어라』

『1973년의 핀볼』을 썼는데, 그 때문에 몸과 마음이 녹초가 되고 말았다. 그러고는 지바로 이사해 세번째 장편 『양을 둘러싼 모험』을 썼다. 마냥 도쿄에 눌러살다가는 차분히 앉아 소설을 쓸 수 없을 듯한 기분이 들었기 때문이다.

가게는 꽤 번창했기에, "가게를 정리할 것 없이 누군가에게 맡기고 넌 느긋하게 소설을 쓰면 되잖아" 하고 많은 사람들이 충고했었다. 그렇지만 나는 이왕 하는 일이라면 구석구석 직접 관리하지 않으면 못 배기는 불편한 성격인지라, 결국 가게를 팔고 시골 지바로 물러나 붓 한 필로 먹고살 결심을 했다. 그러니까 도쿄를 떠날 때는 나름의 굳은 결의가 있었고, '이제 다시는 도쿄 같은 데로 돌아오지 않겠다'란 생각도 했던 셈이다. 번잡하고 왁자지껄하고 겉만 화려한 그 분위기에 어지간히 질렸기 때문이다.

하지만 지금 돌이켜보면, 도쿄에서 가게를 꾸려나가는 한편 촌각을 아껴가며 소설을 쓰던 시절도 나름대로 무척 즐거웠다.

아마도 크레이그 토머스로 기억하는데(『파이어폭스』를 쓴 작가), 그는 어느 소설의 후기에서 첫 작품은 '대부분 한밤중 부엌 테이블에서 쓰인다'고 말했다. 요컨대 처음부터 전업작가인 사람은 없으니까, 누구든 일을 끝내고 집으로 돌아와 가족들이 잠들고 잠잠해진 후 부엌 테이블에서 갈작갈작 소설을 쓴다는 것이다. 물론 서재 같은 게 있다면 거기서 쓰면 되겠지만, 한밤중에 고생스레 소설 쓸 생각을 하는 사람은 보통 그럴 만한 여유가 없으므로, 할 수 없이 부엌 테이블이 일터가 되는 것이다.

그러고 보면 나의 처음 두 소설 역시 '키친 테이블 소설'이다. 하루종일 일하고 가게문을 닫은 뒤, 긴장을 풀기 위해 맥주를 한두 병 마시고, 그뒤에 우리집 부엌 테이블에 앉아 소설을 썼다.

그런 소설을 지금 다시 읽어보면 글의 구성이 자꾸 툭툭 끊기는 것을 알 수 있다. 하루에 한두 시간밖에 쓰지 못하니까, 소설 속으로 빠져들 만한 즈음에 '오늘은 여기까지' 하고 뚝 끊어버리는 것이다. 그리고 이튿날 이어서 쓰려고 하면 '음, 무슨 얘기를 썼더랬지' 하는 식이 되어버린다. 그래서 결국 그 두 작품은 소설이라기보다는 소설적 조각을 모아놓은 듯한 꼴로 완성되고 말았다. 첫 소설을 발표했을 때 일부에서 '참신하다, 쿨하다'라는 호의적인 평을 받았는데, 이건 전적으로 생활환경이 부린 조화다. 조금 더 극단적으로 말하자면 도시에서 생존하는 인간의 시간성의 틈바구니에서 쥐어짜낸 소설인 것이다.

그러나 나 자신은 그런 글쓰기 방식이나 작품에 왠지 수긍이 가지 않아서 큰맘 먹고 도쿄를 떠났다. 그것이 오 년 전 일이다.

오랜만에 도쿄로 돌아와보니, 도쿄의 시간성이 오 년 전에 비해 훨씬 빨라지고 세분화되었음을 알 수 있었다. 자동차도 많아

졌고, 빌딩도 늘어났고, 지하철 노선도 증설되었고, 공기가 더러워졌고, 가는 곳마다 레스토랑이며 술집이 즐비하고, 서점에는 구경도 못 해본 새로운 잡지가 넘쳐나고, 다케시타 거리는 정상적인 신경의 소유자는 끝까지 걷지도 못할 만큼 히스테리컬한 도로로 변모했다. 오 년 전에 최첨단이었던 것들이 지금은 죄 낡은 구닥다리로 보이고, 옛날에 곧잘 들락거리던 가게는 거의 다 주인이 바뀌었다. 그리고 아무튼 시끄럽다.

이렇게 느낄 수밖에 없는 것은 아마도 내가 나이를 먹은 탓이리라고 생각한다. 이런 하나하나의 부정적인 요소들도 옛날 같았으면 혹시 나의 마음을 매료했을지도 모르겠다. 한밤중에 부억 테이블에서 캔맥주를 기울이며 소설을 쓰던 시절이 그립기만 하다. 하지만 모든 것은 과거로 흘러가버렸으며, 두번 다시 돌아오지 않는다.

며칠 전 한밤중에 근처를 산책하다가 신주쿠 방향을 바라보았더니, 그쪽 상공만 마치 불이 난 것처럼 휘황찬란하게 번쩍이고 있었다. 네온사인과 거리의 불빛이 구름에 반사되는 것이다. 그광경을 보고 있자니 '저 금빛 구름 아래서는 지금 대체 무슨 일이 벌어지고 있을까' 하는 의문이 불현듯 뇌리를 스쳤다.

대체 무슨 일이 벌어지고 있을까?

13일의 불멸일

옛날에 한동안 점에 열중했던 적이 있다. 물론 열중했다고 해봐야 아마추어의 장난 비슷한 것이었지만, 한밤중에 의식을 한군데에 집중하고 있으면 가벼운 트랜스 상태가 찾아오고, 스스로도 깜짝 놀랄 만큼 많은 것들을 알아맞힐 수 있었다. 가령 어느 여자에 대한 점을 치면 그녀의 애인이 몇 살인지, 고향은 어디인지, 형제는 몇 명인지 등등이 제법 수월하게 떠오르는 것이다.

그러나 한번 그러고 나면 데친 시금치처럼 축 늘어져버리고, 친구들을 상대로 하는 것이니 사례금을 받을 수도 없으므로 어느샌가 그만두고 말았다.

이런 것을 초자연적인 능력으로 간주할 수 있는가 아닌가에 대해서는 의견이 갈라지겠지만, 나는 지금 와선 그것이 일종의 '감' 같은 게 아니었을까 생각한다. 꼭 점을 치지 않더라도 주의 깊게 사람을 대하다보면 상대방의 몸짓이나 말투나 어떤 분위기 같은 것들을 통해 여러 가지를 추측할 수 있는 법이고, 트랜스 상태에 몰입하면 그런 '감'이 훨씬 연마되어 영역이 점점 확대되는 것이다.

'트랜스 상태'라고 하면 좀 우습게 들릴지도 모르나 긴 소설을 쓰고 있노라면 이따금 휙 하고 정신이 날아가 그와 비슷한 상태에 빠지기도 한다. 소위 '라이팅 하이'라는 것인데, 이 역시 특별한 초자연적인 현상이 아니라 그저 단순한 '감'의 확대이다. 그런 상태에 빠졌을 때 재떨이나 지우개가 방안을 이리저리 날아다니거나 한다면 내가 쓰는 글에도 좀 심상치 않은 기운이 감돌 텐데, 다행인지 불행인지 아직 그런 적은 한 번도 없다.

개인적으로 나는 점이란 것을 상대하지 않는다. 운수나 징크스 같은 미신에도 흥미가 없다. 믿지 않는다는 게 아니고, 원칙적으로 아예 상대를 안 하는 것이다. 이것은 나와 자동차의 관계와 흡사하다. 그 유효성은 인정하지만, 나에겐 필요 없다고 생각한다는 얘기다.

점이나 운수란 한번 의식하기 시작하면 줄곧 신경이 쓰이게 마련이고, 그중 어떤 한 가지에 집착하면 그 영역이 점점 확대되는 법이다. 나는 성격상 그렇게 부담이 증폭되는 것을 참지 못하는지라, 다소 재수가 안 좋다 할지라도 하고자 한 일은 하고, 하고 싶지 않은 일은 하지 않는다. 이건 성격이 강하냐 약하냐의 문제가 아니라 사고방식의 문제라고 생각한다.

예를 들면 나는 결혼할 때 점쟁이한테서 "이것참 한심한 인연이로군요"라는 말을 들었는데, 전혀 개의치 않고 결혼했다. 결혼하고 나서야 정말 한심한 인연이라는 걸 깨달았지만, '뭐 어때' 하며 체념하고 십오 년 가까이 함께 살고 있다. 한심한 인연은 의외로 기능성이 좋은 건지도 모르겠다.

또 나는 툭하면 이사를 하는데, 그럴 때마다 점에 빠져 있는 지인으로부터 "이번엔 그만두는 게 좋겠어요. 방향이 지독하게 안 좋아"란 소리를 듣는다. 그의 말에 의하면 아무래도 나는 최악의 시기에 최악의 방향에서 이사갈 집을 찾는 특수한 능력을 갖추고 있는 모양이다.

"이번에는 정말로 이사했다간 심상치 않은 일이 일어날 거예요. 아픈 사람이 생기고, 일도 잘 안 풀리고, 부모가 죽는가 하면, 화재를 당할 수도 있어요. 나카소네 수상도 삼선할 거고요(이건 거짓말). 두 달만 기다려요. 두 달만 지나면 모든 게 술술 풀릴 테니까"라고 그는 점친다.

그래도 나는 두 달은커녕 하루도 미루지 않고 이사를 감행한

다. 한번 양보했다가는 앞으로 또 비슷한 일이 일어나, 두 달이 반년이 되고, 반년이 일 년이 될 게 불 보듯 뻔하기 때문이다. 처음에 물리치지 못하면 결국 평생 끌려다니게 된다. 따라서 '아, 누가 뭐라든 상관없어' 하고 배짱을 부리며 당당하게 밀고 나간다. 이런 저돌적인 자세를 유지하는 한 결코 운세 따위에 지지 않는다. 그러다보니 예의 지인도 포기하고 내 이사에는 일절 참견하지 않게 되었다.

이런 성격은 오랜 옛날부터 변함없는 것으로, 고등학생 때 내 대학 입시를 위해 어머니가 신사에서 사 온(이라기보다 받아 온) 잡귀를 막아낸다는 화살을 둘로 뚝 부러뜨린 적이 있다. 그러면 어떻게 될지 보려는 심산이었다. 더구나 화살 한 대 부러뜨린 정도로 대학에 떨어진다면 그깟 대학 따위 안 가도 좋다고도 생각했다. 뭐랄까, 자포자기 비슷한 실증정신이다. 결과부터 얘기하자면 나는 국립대학에는 떨어졌지만 사립대학은 두 군데나 붙었다. 뭐 그럭저럭 무승부인 셈이다. 부모님은 "사립대는 돈이 많이 드는데"라면서 불평했다. 그 점에 대해서는 죄송스럽게 생각하지만, 실제로 국립대학에 못 간 탓에 그뒤 무슨 불이익을 당한 기억은 없다. 혹 있었을지도 모르지만, 전혀 깨닫지 못했다.

점괘를 믿느냐 안 믿느냐, 길흉을 따지느냐 안 따지느냐 하는 선택은 저마다의 기호에 속하는 것이며, 남이 이러쿵저러쿵할 문제가 아니다. 하지만 나는 개인적으로 굳이 불멸일*에 결혼식을 올리는 타입의 사람들을 좋아한다. '불멸이든 뭐든 상관없이 우리는 잘해나갈 것이다'라는 신념만 있으면 무슨 일이든 잘되리라는 기분이 든다. 책임은 질 수 없지만.

* 佛滅日, 음양도에서 만사가 불길하다고 하는 날.

일기, 혹은 그 비슷한 것에 대하여

일기는 새해가 시작되면서 쓰는 것이라는 통념이 암묵적으로 퍼져 있는지, 해가 바뀌면 '올해에는 꼭 써봐야지'라는 기세로 일기를 쓰기 시작하는 분도 많으리라고 추측한다.

그러나 찬물을 끼얹는 것 같아 죄송하지만, 내 경험에 비추어 보건대 정초부터 쓰기 시작한 일기는 대개 오래가지 못한다. 오히려 6월 13일쯤에 문득 생각이 미쳐 쓰기 시작한 일기가 의외로 오래 지속된다. 왜 그런지는 나도 잘 모르겠다. 어쩌면 정월부터 일기를 쓰려 하는 사람들의 마음속에는 '정월'이라는 이벤트성에 편승한 안이함이 있기 때문에 꾸준히 이어지지 않는 건지도 모른다.

나는 원래 편지를 비롯해 글쓰기를 싫어하는 사람이라 소설을 쓰기 시작한 스물아홉 전까지는 글이라곤 거의 써본 적이 없지만, 일기만은 불현듯 생각날 때마다 단발적으로 써왔다. 반달쯤 쓰고는 넉 달을 쉬고, 석 달을 쓰고는 또 두 달을 쉬는 식으로. 지금까지도 드문드문 이어오고 있다.

하기야 내가 쓰는 것은 정확하게 말하면 '일기'가 아니라, '일지日誌'다. 아침 몇시에 일어남, 날씨, 무얼 먹음, 누굴 만남, 얼마만큼 일했음 등의 사실을 메모하는 게 다고, 그 이상의 내용은 전혀 쓰지 않는다. 심리묘사라든가 창작을 위한 노트, 사회적 사건에 대한 성찰 같은 것은 전무하다. 그러니까 사후에 일기가 발견된다 해도 출판될 가능성은 거의 없을 것이다.

보십시오,

아침 여섯시 기상. 맑음. 한 시간 달리기.
아침식사 → 붕장어 오차즈케.
오전. 소설 7매.
메밀국수 ← 점심식사.
오후. 소설 4매. 〈주간 아사히〉 H씨에게서 전화(세시).
저녁식사 → 새우 크로켓, 채소 샐러드, 맥주 두 병.
밤 열시 취침. 평화로웠던 하루.

이런 기록이 하염없이 이어지는 평화롭고 지루한 일지를, 누군가가 즐거이 읽어주리라고는 도저히 생각할 수 없잖습니까.

그야 나도,

12월 16일 (맑음)

점심식사. 가수 미우라 모모에 씨 댁에 초대받아 손수 만든 덮밥을 대접받았다.

오후. 옥중의 미우라 가즈요시* 씨에게서 전화 왔음.

저녁식사. '길조'에서 배우 야쿠시마루 히로코 씨와 회식. 식사 후 아자부에서 단둘이 술을 마심. 집으로 돌아와 원고 250매 씀. 고단샤에서 인세 2억 6천5백만 엔을 입금했다는 통지 받음.

라는 내용의 일기를 딱 하루만이라도 좋으니까 써보고 싶지만, 그런 일은 절대로 있을 수 없다. 소설가의 하루란 정말이지 평범하고 지루한 것이다. 이런 원고를 끼적이면서 존슨스 면봉으로 귓구멍을 후비다보면 꾸물꾸물 하루가 끝나버린다.

내가 이런 기록을 위해 사용하는 것은 '라이프'란 문구 브랜

---

* 1985년 9월, 보험금을 타낼 목적으로 아내를 살해한 사건의 용의자.

드에서 만든 '업무일지'라는 지극히 즉물적인 제목의 노트다. 단순하고 튼튼하며, 정서라고는 눈곱만큼도 없는데다, '자못 일기장'스러운 느끼함이 없어, 나의 사용 목적에는 딱 들어맞는다. 겉 띠지에는 '업무 관리에 중요한 역할을 하는 업무 성적의 필연적 향상. 조기에 발견하는 과거의 단점'이란 광고 문구가 인쇄되어 있다. 전체적으로 무슨 말인지 잘 모르겠지만, 왠지 쓸모 있을 듯한 느낌이 든다. 특히 '조기에 발견하는 과거의 단점' 같은 문구가 눈에 들어오면, 내 마음은 저도 모르게 소용돌이친다.

과연 옛날의 일기를 보면 과거의 단점을 쉬 발견할 수 있다.

이를테면,

××년 10월 8일 (맑음)

M과 식사, 가볍게 한잔하고 집까지 바래다주다.

이런 기록을 읽으면 당시 일을 떠올리며, '그때 하려고 마음만 먹었다면 할 수도 있었는데 말이야, 음' 하고 반성할 수도 있다. 그러나 그런 '과거의 단점'을 이제 와서 발견했다 한들 도저히 '조기 발견'이라고는 할 수 없다. 그냥 한 번 손해를 봤다고나 할까, 유감스러울 뿐이다. 그다지 효용이라고 할 정도는 아니다.

우리 아내는 내가 쓰고 있는 '일지'보다 다섯 배 정도는 농밀한 일기를 매일 녹색 잉크로 빼곡하게 쓴다. 상당히 수고스러울 듯한데, 요 몇 년 동안 하루도 빠뜨리지 않고 꾸준히 쓰고 있다.

"소송이라도 하게 되면 도움이 될지 모르잖아. 이렇게 상세하게 매일 일어난 일을 기록해두면" 하고 그녀는 일기를 쓰는 이유를 설명한다.

"소송? 그게 무슨 소리야? 무슨 소송?" 나는 이렇게 질문을—지극히 당연한 질문을—한다.

"뭐 특별히 무슨 소송이랄 건 없지만, 그저 그런 일이 생길지도 모른다는 거지." 그녀는 대답한다.

때때로 가정이란 것은 굉장히 초현실적으로 보인다.

이 원고를 쓴 후 오사카에 있는 '마르니'라는 문구 회사에서 '비정서적·기록적' 기록을 목적으로 하는 유니크한 일기장을 보내주셨다. 잘만 이용하면 한 권으로 이십 년은 거뜬히 쓸 수 있다는데, 제법 아이디어 상품이다. 좌우지간 비정서적인 게 좋아요.

금연이 취미

까마득한 옛날에 읽은 책이라 줄거리가 정확한지는 별로 자신이 없는데, 스티븐 킹의 단편 중 「금연 회사」라는 제목(이었던 것 같다)의 작품이 있다. 제목 그대로 금연을 청부하는 회사의 이야기다. 금연을 하고 싶은데 자기 의지만으로는 자신이 없는 사람이 이 회사에 신청하면, 회사 쪽에서 책임지고 금연에 성공하도록 만들어주는 시스템이다. 그러나 누구든 간단하게 신청할 수 있는 건 아니다. 회사는 엄중한 비밀조직이라 정보는 입에서 입을 통해 암암리에 전달되고, 가입비도 어마어마하다. 하지만 금연의 성공률은 과장 없이 100퍼센트다.

한 남자가 그 얘기를 전해듣고 반신반의하며 금연 회사에 신청한다. 그런데 며칠 지나자 도저히 참을 수 없어 그만 담배 한 개비를 손에 들고 불을 붙이고 만다. 그리고 그를 기다리고 있던 운명은…… 이건 좀 소름 끼치는 얘기인데, 다 말해버리면 소설을 읽는 재미가 없어지니까 애석하지만 결말은 덮어두겠다.

아무튼 이 얘기의 교훈은 한마디로 '금연은 자기 힘으로 실천해야 한다'는 것이라고 나는 생각한다. 편하게 이루려 하니까 함정에 빠지고 마는 것이다.

개인적인 얘기를 하자면 나는 금연에 대해 상당히 자신이 있다. 옛날에는 하루에 오륙십 개비를 피워대는 무지막지한 헤비스모커였지만, 어느 날 딱 끊은 뒤로는 장편소설에 매달려 있는 몇 달 동안만 피우고, 그 일이 끝나면 다시 피우지 않는 사이클을 지금껏 지켜오고 있다. 따라서 끊으려고 마음만 먹으면 '금연회사'에 신청하지 않고도 담배를 끊을 수 있다.

내 생각에 금연에 성공하느냐 못하느냐는 의지와 별 관계가 없는 것 같다. 물론 의지의 위력을 전혀 빌리지 않고서 금연에 성공할 턱은 없겠지만, 그보다 중요한 것은 노하우다. '금연'이란 '어떻게 하면 효율적으로 금연할 수 있을까'라는 노하우만 알면 어느 정도 체계적으로 완수할 수 있는 종류의 것이다. 온 집 안에 '금연'이라고 쓴 종이를 다닥다닥 붙여놓거나 라이터와 재떨이를 싹 모아 강물에 내던지거나 하는 사람을 심심찮게 보는데, 이런 것은 겉보기가 그럴듯한 반면 효과는 별로 없다.

금연을 위한 노하우는 저마다 조금씩 다르겠지만, 내 경우는 다음 세 가지로 요약할 수 있다.

① 금연을 시작하면 삼 주일은 일을 안 한다.

② 남에게 시비를 건다. 지저분한 말을 내뱉는다. 거리낌없이 싫은 소리를 한다.

③ 좋아하는 음식을 마음껏 먹는다.

이 세 가지 조건이 충족되면 나는 비교적 간단하게 담배를 끊을 수 있다.

①의 일을 안 한다는 것은 내게 금연의 필요조건이며, 현실적으로도 담배를 끊고 한동안은 도저히 글을 쓸 수 없다. 글씨도 삐뚤삐뚤해지고 말도 잘 안 나온다. 그러니까 금연해야겠다 싶을 때는 미리 한 삼 주 동안은 글 한 줄 안 써도 좋을 상황을 만들어놓는다. 그리고 그동안 한가롭게 영화를 보거나 운동을 하면서 지낸다. 애인이 있는 분은 함께 온천에라도 가면 좋겠죠.

그러나 이런 식으로 반듯하게 계획을 세워놓고 금연중일 때 느닷없이 "죄송하지만 지난번에 써주신 원고요, 지면 사정으로 두 매 정도 더 써주셨으면 합니다"라는 전화라도 걸려오면 심히 난처하다. 무엇보다 글씨가 제대로 안 써진다. 요전번 같은 경우는 '그로부터'라고 쓰려 한 것이 '으로부터'가 돼버리고 말았다. '이거 좀 이상한데'라고 생각은 하지만, 그것이 '그로부터'를 잘

못 쓴 것임을 인식하려면 문장을 다섯 번 정도는 되풀이해서 읽어야 한다.

하긴 샐러리맨 같으면 이삼 주 동안 전혀 일을 안 한다는 것은 현실적으로 불가능할 것이다. 그런 경우에는 어쩌면 좋을지 잘 모르겠지만, 큰맘 먹고 한 이삼 주간은 대충대충 일하며 게으름을 피워보는 것도 괜찮지 않을까 생각한다. 가끔은 기분전환도 좋지 않습니까. 그 결과 뭐가 어떻게 될지는 책임 못 지겠지만요.

그리고 ②의 남에게 시비를 건다는 것도 중요한 요소다. 내 쪽은 괴롭게 금연을 하고 있으니 일부러 태연한 척 점잖게 행동할 필요는 없다. 보통 때 같으면 할 수 없을 말들을 금연시의 예민

함을 빙자해 마음껏 떠들어대는 것이다. 나는 금연을 할 때마다 담당 편집자에게서 "무라카미 씨도 한 꺼풀 벗기면 좋지 않은 성격이로군요"라는 말을 듣지만, 사람과 사람의 교제라는 것은 무릇 그 정도 스릴이 있어야 재미있다.

③의 먹는 것 말인데, 담배를 끊으면 확실히 배가 자주 고프다. 배가 고프면 먹는 것이 자연스러운 현상이다. 담배를 끊고 동시에 다이어트도 하는 건 불가능하다. 살찌는 게 싫으면 금연이 일단락된 후 심기일전해 다이어트를 하는 수밖에 없다.

많은 사람이 금연에 실패하는 가장 큰 원인은 '뭐든 다 한꺼번에 처리해버리자'는 성급함, 자기 과신에 있다. 나는 극히 한정된 능력밖에 없는 하찮은 존재라는 자기 인식 없이는 금연에 성공할 수 없다. 하나에서 열까지 전부 다 해내는 건 도저히 불가능하며, 무언가를 이룩하려면 다른 무엇을 버려야 한다고 인식하는 것이다.

금연이란 것도 이렇게 깊이 생각하기 시작하면 무척 흥미로운 것이라, 버릇처럼 몇 번이나 시도할 수 있을 것 같다.

외국에서 비행기를 탈 때 "금연석으로 하시겠습니까, 흡연석으로 하시겠습니까?" 하는 질문에 "Cancer seat, please"라고 대답하면 간혹 승무원을 웃길 수 있다. 아무려나 상관없는 일이지만.

비평을 향유하는 방법

두말할 것도 없이 어떤 직업이든 고유의 규칙이 있다. 예를 들면 은행원은 돈 계산을 틀려서는 안 되고, 변호사는 술집에서 함부로 남의 비밀을 주절거려서는 안 되고, 성인업소 사람은 손님의 페니스를 보고 웃음을 터뜨려서는 안 된다는 것 등이다. 매니큐어를 칠한 초밥집 요리사도 곤란하며, 소설가보다 월등하게 문장력이 뛰어난 편집자도 좀 곤란하다.

그러나 그런 기본적인 규칙과 별도로, 각 직업에 종사하는 사람들이 개별적으로 지니는 신조라는 것이 있다. 그런 신조를 많이 껴안고 사는 사람도 있고 거의 생각지 않는 사람도 있다. 나는 사람 관찰하기를 은근히 좋아해서 곧잘 살펴보는데, 세상에는 정말 다양한 사람들이 있다. 나 같은 사람은 도무지 이해할 수 없는 신조에 완고하게 매달리는 사람이 있는가 하면, 아주 거친 방식으로 모든 일을 대충 처리하다가—그것도 그것대로 좋지만—뜻대로 안 되면 남을 원망하는 사람도 있고, 신조가 적은 반면 자기 자랑이 지나친 사람도 있다. 그러나 이런 것들은 처음에도 말했듯이 저마다의 재량에 따른 것이므로, 단적으로 어느 것이 좋고 어느 것이 나쁘다고 말할 수는 없다.

내게도 물론 글을 쓰는 데 몇 가지 개인적인 신조가 있다. 이것은 딱히 누가 가르쳐준 게 아니라, 첫 단계부터 극히 자연스럽게 몸에 배어버린 것이다. 사실 나는 비교적 늦은 나이에 글을 쓰기 시작했기 때문에, 그때까지 각양각색의 직업을 거치며 체득한 노하우를 그대로 문필업에 응용할 수 있었다. 처음 한동안은 임시방편처럼 사용했지만 나 자신에 딱 들어맞는 듯 느껴져 지금도 그대로 사용하고 있다.

그런 나의 개인적인 신조를 일일이 늘어놓았다간 꽤 길어질 뿐더러 그다지 의미가 있을 것 같지도 않다. 읽을거리로서도 아마 재미없을 거라고 생각한다.

하지만 한 가지만 예를 들자면 그것은 '작가는 비평을 비평해서는 안 된다'라는 것이다. 개별적인 비평에 대해서든 비평가에 대해서든 비평을 해서는 안 된다. 그런 일을 해봐야 무의미하고, 무익한 트러블을 불러오며, 자기만 치사한 사람이 될 뿐이다. 나는 줄곧 그렇게 생각하며 살아왔고, 덕분에 스스로를 갉아먹을 기회를 몇 번 무사히 넘길 수 있었다. 도스토옙스키는 이 세상에 수많은 종류의 내적 지옥이 존재함을 시사했는데, 작가가 비평이나 비평가를 비평하는 상황도 그 지옥 중 하나라고 나는 확신한다.

작가는 소설을 쓴다—이것이 일이다. 비평가는 그에 대해 비평을 쓴다—이것도 일이다. 그리고 하루가 끝난다. 각기 다른 입장에 있는 인간이 각자의 일을 끝내고 집으로 돌아가 가족과 식사를 하고(혹은 혼자서 식사를 하고), 그러고는 잔다. 그게 세계라는 것이다. 나는 그런 세계의 구조를 신뢰한다고까지는 할 수 없어도, 전제조건으로 수용하고는 있으며, 트집을 잡아본들 아무 소용이 없다고 생각한다. 그러니까 트집을 잡기보다 한시라도 빨리 집으로 돌아가 식사를 하고, 한시라도 빨리 이불 속으로 기어들어가 잠들려고 노력한다. 내가 스칼렛 오하라는 아니지만, 밤이 밝으면 내일이 시작되고, 내일은 내일의 일이 기다리고 있는 것이다.

나는 나에 관한 비평을 거의 읽지 않는 인간이지만 간혹 기분이 내켜 읽었다가 '이건 좀 아니지 않나' 생각할 때가 더러 있다. 사실을 오해한 경우도 있고, 명명백백하게 빗나간 추측도 있고, 노골적인 인신공격도 있고, 책을 끝까지 읽지도 않고 썼다고밖

에 생각되지 않는 말도 안 되는 비평도 있다.

하지만 그 모든 사정을 고려한다 해도, 작가가 비평을 비평하거나 그에 대해 어떤 형식으로든 변명하는 것은 당치않은 일이라고 나는 생각한다. 나쁜 비평이란 말똥이 듬뿍 들어찬 거대한 오두막과 흡사하다. 만약 우리가 길을 걷다가 그런 오두막과 맞닥뜨린다면 서둘러 지나쳐버리는 게 상책이다. '왜 이렇게 냄새가 나지'라는 의문을 품어서는 안 된다. 말똥이란 원래 냄새가 나는 것이고, 오두막의 문을 열었다가는 더욱 지독한 냄새가 진동하리란 건 불 보듯 뻔한 일이다.

얼마 전 이삿짐을 정리하고 있으려니 나에 대한 비평을 스크

랩한 것들이 한 상자 가득 나왔다. 대부분 오륙 년 전 내가 데뷔했을 당시에 아내가 정성스레 오려내어 보관해둔 것이다. 기특하게시리 하고 감탄하면서 훌훌 넘겨보았더니 제법 재미가 있어서, 결국은 전부 읽고 말았다.

칭찬하고 말고와 관계없이 그중에는 지금도 '음, 과연 그렇군' 하고 수긍이 가는 것도 있었고, 나도 모르게 웃음이 터지는 엉터리도 있었다. 그러나 어찌됐든 오륙 년이나 지난 지금에는 생생함이 사라지고 없으니까, 그럭저럭 훈훈한 기분으로 비평을 읽을 수 있었다. 이런 식으로 비평과 관계하는 것도 꽤 즐거운 일이다. 지금 내 소설에 대해 어떤 비평이 나와 있는지는 또 오륙 년쯤 흐른 뒤에 천천히 숙독하고, 향유하고 싶다. 그때가 기다려진다.

또다시 야마구치 시모다마루 군, 그리고 안자이 미즈마루 씨에 대하여

앞에서 야마구치 시모다마루, 즉 야마구치 마사히로 군에 대한 이야기를 썼다. 그랬더니 며칠 후에 야마구치 군이 찾아와 은어 열 마리가 든 아이스박스를 두고 갔다.

"이게 뭔데?"라고 묻자, "이히히, 고향의 어머니가 무라카미 씨한테 드리라면서 주더라고요. 가끔은 좋은 얘기도 써달라면서요. 하여간에 시골 사람이니까"라는 것이다.

덕분에 은어는 고맙게 받아 소금을 뿌려 구워 먹기도 하고, 죽을 만들기도 하고, 튀김을 만들어 먹기도 했다. 아주 맛있는 은어였다. 도쿄에서는 좀처럼 맛있는 은어를 구할 수 없으니 무척 귀한 것이었다. 남의 험담도 쓰고 볼 일이다.

돌이켜보면 나는 지금껏 한 세 번 정도 야마구치 마사히로=

시모다마루 이야기를 에세이에 썼는데, 좋은 내용은 한 번도 없었던 것 같다. '머리가 나쁘다'든가 '눈치코치가 없다'든가 '도움이 안 된다'든가 '여자한테 인기가 없다'든가, 그런 나쁜 소리만 잔뜩 썼다. 은어를 받았다고 안이하게 반성하는 건 아니지만, 야마구치에게나 야마구치의 부모님께나 참 못할 짓을 했다고 생각한다. 내가 지금껏 야마구치에 대해 쓴 이런저런 험담 중 사분의 일 정도는 농담입니다—라고 해봐야 이걸로는 변명이 되지 않겠지.

며칠 전 오모테산도 거리를 걷다가 안자이 미즈마루 씨와 우연히 마주쳐서(이 미즈마루 씨라는 사람은 마냥 바쁘다 바쁘다 하면서 늘 그 주변을 어슬렁거린다) "저, 지난번 원고에 야마구치 얘기를 좀 심하게 쓴 걸까요?" 하고 물었더니, "아니, 그 정도 가지고 뭘. 사실과 다른 얘긴 없잖아. 그럼 됐지"란다. 그래서 나도 자신을 되찾았지만, 그래도 가끔씩은 야마구치의 좋은 점을 써주려 한다.

야마구치 시모다마루는 옛날에 나와 내 아내에게 티셔츠와 레코드를 선물해준 적이 있다. 요컨대 친절한 남자다. 티셔츠에는 흰색 타원형 물체가, 의심의 여지 없는 안자이 미즈마루 씨의 화풍으로 그려져 있었다.

"이게 뭐지?" 내가 묻자 야마구치는 "아니, 섭섭합니다. 이거 모르세요?" 하고 깜짝 놀란 듯이 말했다.

"실은 제가 만든 〈구인求人 타임스〉의 '황금 달걀이 되고 싶어'라는 텔레비전 광고가 있는데, 그에 맞춰서 만든 티셔츠예요. 아시죠, '황금 달걀이 되고 싶어'란 광고?"

"모르는데. 텔레비전을 안 보는 걸, 뭐."

"참, 그렇지. 그러고 보니 지난번에도 그렇게 말씀하셨죠. '인간이었다면 좋았을 텐데' 때도. 이것참, 텔레비전 안 보시면 CM송도 모르시겠군요?"

"모르지."

"레코드가 있는데 들어보시렵니까?"

"듣고 싶지 않아, 그런 거."

"그런 말씀 마시고요. 제가 가사를 직접 썼단 말입니다. 이히히히, 좀 들어보세요."

그러면서 야마구치는 레코드를 두고 돌아갔다. 재킷에 인쇄되어 있는, 야마구치가 지었다는 가사가 너무도 한심스러워서 그 레코드는 한 번도 듣지 않았다. 며칠 후 그런 얘기를 야마구치에게 했더니 몹시 낙담하는 눈치였다.

"하지만, 나처럼 솔직하게 감상을 얘기해주는 사람도 세상에 그리 많지 않다고."

"에, 뭐…… 뭐, 그건 그렇지만……"

야마구치는 맥없이 대답했다.

결국 또 험담이 되고 말았는데, 아무튼 야마구치 시모다마루=마사히로는 상당히 친절한 남자다.

그후 나와 아내는 예의 '황금 달걀' 티셔츠를 입고 미국에 갔다. '황금 달걀' 티셔츠를 입은 우리를 보고 미국 사람들이 "그거 무슨 그림이죠?" 하고 물었다. 내가 "음, 그러니까, 골든 에그입니다"라고 대답하자, "오호, 도무지 달걀로는 안 보이는데요"라며 놀랐다. 그러나 이건 야마구치의 책임이라기보다 안자이 미즈마루 씨의 책임이다. 안자이 미즈마루 씨의 그림이 격렬하게 희구해 마지않는 포스트모던 리얼리즘은 후진국 미국에서는 아직 제대로 이해받지 못하는 것이다. 불굴의 명작 『보통사람』이 뉴욕현대미술관에 입성하는 것도 좀 먼 훗날이 될 것 같다.

그건 그렇고, 세간에는 안자이 미즈마루 씨의 그림을 놓고 두 가지 의견이 대립하고 있다. 하나는 '미즈마루의 그림은 언뜻 단순해 보이지만 실은 상당히 시간을 들여 그리는 것이다'라는 설이고, 또하나는 '시간이 걸릴 리가 없지 않은가' 하는 설이다. 나는 그 진상이 알고 싶어서 연말에 미즈마루 씨와 업무 미팅 겸 식사를 함께 하던 차에, "저, 미즈마루 씨. 연하장 그림 좀 그려주시렵니까?" 하고 주머니에서 엽서 두 장과 펜을 꺼내 건넸다. 미즈마루 씨는 "아, 좋지요"라면서 엽서와 펜을 받아 옆에다 밀쳐두더니, 그대로 찔끔찔끔 술을 마시고, 아귀 간을 집어먹고, 북어를 입으로 나르고, 이러쿵저러쿵 세상 얘기를 했다.

미즈마루 씨가 불현듯 잔을 내려놓고 펜과 엽서를 집어든 것은 약 삼십 분이 경과한 후였다. 결과적으로 그 두 장의 그림을 그리는 데는 약 십오 초밖에 걸리지 않았지만, 문제는 그 십오 초에 도달하기까지의 삼십 분에 있다. 안자이 미즈마루 씨에게 그 삼십 분은 과연 무엇이었단 말인가? 가능성을 따져보면,

① 아귀 간을 집어먹으며 줄곧 그림을 구상하고 있었다.

② 갑작스러운 부탁에 부끄러워 삼십 분간 겸연쩍어하고 있었다.

③ 너무 잽싸게 그려버리면 고마움을 모를 것 같아, 그냥 폼을 잡고 있었던 것이다.

이 세 가지를 생각할 수 있겠는데, 음, 뭐가 맞을까요?

좀 이상한 하루

며칠 전 느닷없이 디킨스의 『데이비드 카퍼필드』가 읽고 싶어져 모 대형 서점에 가서 찾아보았는데 도무지 보이지가 않았다. 할 수 없이 서비스 창구에 있는 여자 직원에게 "저, 죄송하지만 디킨스의 『데이비드 카퍼필드』를 찾고 있는데요"라고 말하자, "어떤 분야의 책입니까?"라는 질문이 되돌아왔다.

그래서 얼떨결에 나도 모르게,

"네?"

하고 되묻자 상대방 역시,

"네?"

하고 말했다.

"그러니까, 디킨스의 『데이비드 카퍼필드』요."

"그러니까, 그게 어떤 종류의 책인데요?"

"음, 그러니까, 뭐 소설입니다."

이런 대화 뒤에, 결국 그 책에 대해서는 소설 카운터에 문의하라는 결론이 나왔다. 순간 '서점의 서비스 담당이 디킨스를 모르다니' 싶어 어이가 없었지만, 요즘 젊은 사람들은 디킨스 따위 거의 안 읽으니까 당연한 일인지도 모르겠다. 세상이란 우리가 눈치채지 못하는 사이에 상당히 대담한 변화를 이룩하고 있는 것이다.

마음 같아서는 그 직원에게 차라도 한잔하자고 꼬드겨서는, "그럼, 혹시 샬럿 브론테는 알고 있나? 푸시킨은? 스타인벡은 어때?" 하고 소상하게 추궁해보고 싶었지만, 그녀는 상당히 바쁜 듯했고 나 역시 결코 한가하지 않았으므로, 유감스럽지만 그러는 건 단념했다.

서점에서 나와 볼일을 마치자 배가 고파서, 언뜻 눈에 들어온 예쁘장한 양식집에 들어가 맥주를 마시며 좀 이른 저녁을 먹기로 했다. 나는 대개 다섯시쯤 저녁을 먹는 덕분에 늘 한산한 레스토랑에서 식사할 수 있어 제법 기분이 좋다. 시끄럽지도 않고, 메뉴도 천천히 고를 수 있다.

메뉴판에 '양식 도시락 2천5백 엔'이라는 것이 있어서, "음, 여기엔 어떤 것들이 들어 있죠?"라고 웨이트리스에게 물어보았다.

"여러 가지가 들어 있어요."

그녀는 딱 부러지는 어조로 말했다.

"저 말이죠, 그야 도시락이라고 써놨으니까 여러 가지가 들어 있다는 건 알겠지만, 예를 들어 어떤 것들이 들어 있는데요?"

"그러니까, 양식 음식이 여러 가지 들어 있다니까요."

이래가지고야 동요 〈염소 씨 집배원〉 같은 미로에 빠져 헤매게 될 것 같아, 나는 양식 도시락은 단념하고 다른 단품 요리를 주문했다. 딱히 그녀에게 화가 난 건 아니지만, 도시락에 뭐가 들어가는지 한두 가지쯤은 가르쳐주어도 좋지 않나 생각한다. 내가 그걸 미끼 삼아 무슨 껄끄러운 짓을 하려는 꿍꿍이속이 있는 것도 아니니까.

식사를 마친 후 어슬렁어슬렁 길을 걷다가 백화점 앞을 지나게 되어, 안으로 들어가 트위드 재킷을 찾아보기로 했다. 얼마 전에 담당 편집자 기노시타 요코(가명) 씨가 "무라카미 씨, 왜 항상 청바지에 운동화만 신고 다니죠? 도대체 돈을 벌어서 다 어디에다 쓰는 거예요?"라고 했기 때문이다. 마음에 드는 윗도리가 있었지만 '사이즈가 좀 작은가' 싶어서 시험 삼아 소매에 팔을 꿰어봤더니, 여자 직원이 어디선가 바람처럼 날아와 "손님, 그건 사이즈가 너무 작아요. 손님한테는 절대 안 맞습니다"라고 내뱉듯이 말했다.

그래서 내가 "음, 그런 것 같군요. 좀더 큰 사이즈가 있으면……"이라고 말하려는데 이미 그녀의 모습은 사라지고 없었다. 나는 그 자리에서 그녀가 돌아오기를 마냥 기다렸지만 도무지 그럴 기미가 안 보여 포기하고 집으로 돌아왔다. 어째 뭐가 뭔지 영문을 알 수 없는 하루였다. 타인에게서 이유 없이 부당한 취급을 받은 기분도 들고, 반대로 내 쪽이 상대방을 부당하게 취급한 듯한 기분도 든다. 어느 쪽이 진짜인지 판단이 안 선다.

어쩌면 서점의 그 직원은 집으로 돌아가 식탁에서 "참, 엄마. 오늘 좀 이상한 손님이 와서는 어디서 이상한 책 이름을 대면서, 내가 무슨 책인지 모르겠다고 하니까 노골적으로 무시하지 뭐

예요. 기가 막혀서"라고 투덜거리고 있을지도 모르겠다.

레스토랑의 웨이트리스는 "흥, 양식 도시락이라고 써놨으면 잔말 말고 주문해서 먹을 것이지" 하고 주방장에게 불평을 늘어놓고 있을지 모른다.

백화점의 직원은 "자기 사이즈도 제대로 모르는 주제에 옷부터 입어보는 촌놈을 상대할 새가 어딨어"라고 생각했을지도 모른다.

그렇게 생각하면 상대방의 말에도 각각 일리가 있는 듯하다. 어쩌면 내가 사는 방식 자체가 근본적으로 글러먹은 것인지도 모르겠다는 생각마저 든다. 세상이란 무척 어렵다.

『데이비드 카퍼필드』는 당시 절판이었다가 1989년에 다시 나왔습니다. 그리고 이 글에 등장하는 기노시타 요코(가명) 씨는 「현기증」에서 나를 놀린 사람과 동일인입니다.

잡지를 즐기는 법

출판 관계자들을 만나 얘기하다보면 종종 "무라카미 씨는 요즘 어떤 잡지를 가장 재미있게 읽으십니까?"란 질문을 받는다. 오늘날의 잡지 전쟁은 극단적으로 치열하니까, 만드는 쪽도 꽤 진지하게 상황을 분석하지 않으면 도저히 살아남지 못하리라.

하지만 그렇게 물어본들 나는 잡지를 열심히 챙겨 보는 독자도 아니고, 어쩌다 기분이 내키면 손에 집어들고 팔락팔락 넘겨 보는 정도이므로, 현재 어느 잡지가 제일 재미있고 어느 잡지가 가장 선구적이냐 하는 건 도저히 판단할 수 없다. 판단은 고사하고 이렇게 엄청난 양의 비슷비슷한 잡지가 서점에 산더미처럼 쌓여 있는 지금은 선택지 자체의 실태조차 정확히 판단하기 힘들다. 대체 누가 오후 네시 반의 어슴푸레함과 오후 네시 삼십

오분의 어슴푸레함을 구별할 수 있을 것인가? 혹자는 그런 것을 차이라고 부를지도 모르나, 나는 다행인지 불행인지 좀더 막연한 기준에 따라 생활하는 사람이라 그런 유의 선별 작업에는 별로 흥미를 느끼지 못한다.

간단히 말하면 요컨대 잡지의 종류가 하도 많아서 어느 게 어느 잡지였는지 정확하게 기억나지 않는 것이다. 한 친구가 "좋은 잡지란 폐간된 잡지다"란 말을 했는데, 그 기분도 이해가 간다. 구태여 실명은 들지 않겠지만 '몇 년 전에 폐간했더라면 아쉬워라도 했을 텐데' 싶은 잡지가 몇 종 머리에 떠오른다. 거꾸로 폐간된 잡지는 두 번 다시 입수할 수 없으니까—당연한 일이다—'꼬박꼬박 나올 때 좀더 소중하게 다룰 것을' 하는 후회에 빠진다.

예를 들어 지금은 없는 〈해피엔드 통신〉 같은 잡지는, 나도 같이 즐겁게 일하고 있었는데 없어져버려 유감이다. 이런 얘기를 당시 〈해피엔드 통신〉에서 편집 일을 했던 가가 야마히로에게 했더니 시니컬하게 입술을 삐죽이며 "다들 그렇게 말씀하시지만, 없어지고 난 뒤에 동정한들 무슨 소용입니까"란다. 하긴 만드는 쪽에서는 지당한 말일 것이다.

그리고 이런 얘기도 가가 야마히로가 들으면 '때늦은 동정론'의 한 변형이라고 할지 모르겠지만, 내가 필자 입장에서 비교적 같이 일하기 수월했던 잡지는 잘 망한다. 예의 〈해피엔드 통신〉도 원고료가 거의 없는 거나 마찬가지였지만 기분좋게 일할 수 있었고, 주오고론샤에서 나오던 〈우미海〉에서도 갓 등단한 신출내기임에도 피츠제럴드나 카버의 번역을 마음껏 할 수 있었다. 그리고 문화출판국에서 나오던 〈TODAY〉란 잡지와도 여러모로 즐겁게 일했다. 그러나 결국 그 잡지들은 모두 없어지고 말았다. 나 같은 글쟁이가 한가롭고 기분좋게 일할 수 있는 잡지는 어쩌면 조만간 소멸될 운명인 건지도 모르겠다. 신초샤의 〈대칼럼〉 역시 이대로 안 나오게 되지 않을까?

훌훌 넘기면서나마 비교적 열심히 챙겨보는 잡지가 있다면, 우선 〈플레이 가이드 저널〉이란 간사이 지방 정보지를 들 수 있다.

이 잡지에는 간사이 지방 일대의 영화와 콘서트, 그 밖의 잡다한 정보만 실려 있으니, 도쿄에 사는 인간에게는 아무런 소용이 없고, 당연히 도쿄의 일반 서점에서는 팔지 않는다. 그러나 나는 개인적으로 이런 유의 '쓸모없음'을 꽤 좋아한다. 게다가 자잘한 정보를 꼼꼼하게 체크해보면 도쿄와 간사이 지방 사람들은 세상사에 대한 개념이 미묘하게 다른 것을 알 수 있어 제법 재미있다. 예를 들어 간사이 지방의 텔레비전 방송국은 〈혹성탈출〉 시리즈 다섯 편, 〈쇼와 잔협전〉 세 편을 한꺼번에 연속 방영하는 무지막지한 짓을 한다. 아무리 정월 초하루라 해도 도쿄의 텔레비

전 방송국이 이런 짓을 하는 경우는 별로 없다. 정월 초하루 아침부터 밤까지 텔레비전 앞에 앉아, "어이, 저 원숭이 잘 만들었지" "정말이네요"라는 얘기를 나누면서, 〈혹성탈출〉을 다섯 편이나 연달아 보며 술을 마시고 설음식을 먹는 간사이 사람들의 모습을 상상하는 것만으로도 나는 머리가 핑핑 돈다. 그리고 나카지마 라모의 칼럼을 읽을 수 있는 것도 신난다.

〈플레이 가이드 저널〉 외에는 〈광고 비평〉이란 잡지의 텔레비전 CF 소개 기사를 골라 읽는다. 왜 그런 걸 읽는가 하면, 나는 텔레비전에든 광고에든 거의라고 해도 좋을 만큼 흥미가 없고, 대부분의 CF를 실제로 본 적이 없기 때문이다. 실제로 본 적 없는 CF를 문장이나 스틸 사진만으로 상상한다는 것은 상당히 기이하고, 나아가 어디에도 도움이 안 되는 작업이다.

이를테면 '이리* 김' 광고 영상 소개글을 조금 발췌해본다.

(열린 엘리베이터에서 내리는 이토 시로와 부하직원 미네 노보루)

이토 야마시타 군, 자네 분명 며칠 전에 이리 김을 아직 못 먹어봤다고 했지?

부하 아, 예. 공부가 부족해서 정말 죄송합니다.

(이하 생략)

이런 식인데, 글로만 보면 이게 어떻게 연간 2위의 CF인지 재미의 질을 잘 파악할 수 없다. 그런데 실제로 본 사람은 재미있다고 하니…… 심각하게 '이리 김' 광고 영상을 상상하곤 하는 요즘입니다.

누군가가 〈텔레비전 광고 걸작선〉이란 비디오 모음집 같은 것을 만들어주면 좋겠다는 생각이 든다. 의외로 잘 팔리지 않을까? '메이킹 오브 이

* 수컷 물고기의 뱃속에 있는 정액 덩어리.

리 김' 같은 것 말이죠.

가가 야마히로는 이후에도 잡지사를 몇 군데나 더 망하게 했다.

럼 커피와 어묵

개인적인 소견을 늘어놓자면, 겨울에 먹어서 맛있는 것은 뭐니 뭐니 해도 전골과 럼을 넣은 커피다. 물론 전골과 럼 커피를 함께 먹으면 맛있다는 게 아니라 제각각 맛있다는 뜻이다. 럼 커피를 마시면서 어묵탕을 먹는다면 맛있을 리가 없다.

나는 최근 이 년 동안 존 어빙의 『곰 풀어주기Setting Free The Bears』라는 무척 긴 소설을 번역하고 있는데, 거기에도 럼을 넣은 커피 이야기가 종종 나온다. 이 소설의 무대는 빈인데 주인공들이 곧잘 길모퉁이 카페에 들어가 '럼 커피'를 주문하는 것이다. 그런 장면을 읽으면 나도 럼 커피가 몹시 마시고 싶어지지만 유감스럽게도 일본에는 맛있는 럼 커피를 마실 수 있는 집이 별로 없다. 메뉴에 '럼 커피'라는 게 있어도 별로 주문하는 사람이 많은 것 같지 않고, 따라서 럼주도 꽤 오래된 게 아닐까 의심스러워진다. 그리고 일본에서 럼 커피를 마시면 왠지 음악에서 말하는 소노리티 같은 게 결여된 듯해서 께름칙하다. 즉 '럼 커피는 모름지기 이래야 한다'라는 개념의 울림이 제대로 전해지지 않는 것이다.

그에 비하면—이런 식으로 비교하려니 왠지 식은땀이 흐르지만—겨울에 오스트리아나 독일에서 마시는 럼 커피는 굉장히 맛있다. 하기야 그 동네는 도쿄와는 비교도 안 될 정도로 추우니까, 오리털 파카에 장갑에 머플러로 중무장을 하고 대처해도 금세 "으, 추, 추워"라는 말이 절로 나오고, 카페로 뛰어들어가 따스한 것을 마시고 싶어진다. 카페 유리창은 대개 난방 때문에 뽀얗게 김이 서려 있어, 바깥에서 보면 정말 따뜻하고 푸근해 보인다. 이럴 때 뛰어들어가 주문하기에는 역시 '럼 커피'가 제격이다. 독일어로는 아마 '카페 미트 룸'이었던 것 같은데, 틀렸다면 죄송합니다.

뜨거운 커피 위에 새하얀 크림이 듬뿍 얹혀 있고, 럼 향기가 찡 하고 코를 찌른다. 그렇게 크림과 커피와 럼의 향기가 하나가 되어 약간 탄 듯한 냄새를 형성하는 것이다. 이것은 제법 상당한 맛이다. 그리고 확실히 몸이 따스해진다.

그런 연유로 나는 독일과 오스트리아에 있는 동안 날이면 날

마다 럼 커피만 마셨다. 포장마차에서 커리 부르스트(카레맛 소시지)를 먹고, 카페에 들어가 럼 커피를 마시는 패턴이다. 엄청나게 추웠지만 나름대로 행복한 한 달이었다. 구경꾼 하나 없는 싸늘한 프랑크푸르트의 동물원에서 덜덜 떨면서 마신 럼 커피의 맛 또한 각별해서, 지금도 꽤 또렷하게 기억하고 있다.

일본에는 '럼 커피'가 없지만 대신 '어묵탕'이 있다. 럼 커피도 좋지만 어묵탕도 나쁘지는 않다. 낮에는 빈에서 럼이 든 커피를 마시고 밤에는 도쿄에서 어묵탕을 먹을 수 있다면 더할 나위 없겠다는 얼빠진 생각을 하곤 하는 요즘입니다.

개인적인 얘기만 해서 죄송하지만—사실 이 칼럼은 철두철

미하게 내 얘기뿐이나—우리 아내는 어묵이란 존재를 심각하고도 강렬하게 증오하는 터라 나에게 절대로 어묵탕을 끓여주지 않는다. 그녀가 어묵을 혐오하는 까닭은 소녀 시절 전철에서 무와 어묵에게 성추행을 당했기 때문이다—라는 건 순전히 거짓말이고(당연하다), 그저 단순히 싫어할 뿐이다. 그런 탓에 나는 대개 혼자 집 밖에서 어묵탕을 먹는다.

중년 남자가 홀로 어묵탕을 먹는 모습은 시크하다고는 할 수 없지만, 그렇게 볼썽사나운 것도 아니다. 이십대 무렵에는 어묵집에 혼자 들어가 술을 마신다는 게 어쩐지 탐탁지 않았지만, 서른을 넘긴 뒤에는 아무렇지도 않게 그럴 수 있게 되었다. 영화를 본 후 혼자 뭐라도 먹고 들어갈까 싶을 때 나는 대개 어묵집의 카운터에 앉는다. 초밥집은 '오늘의 메뉴와 대결한다'는 일종의 긴박감이 있지만, 어묵집에는 원칙적으로 오늘의 메뉴니 뭐니 하는 게 없으니까 마음이 편안하고, 무엇보다 싸다. 혼자서 멍하니 이런저런 생각을 하며 술을 마시기에는 어묵집이 최고다.

다만 늘 의문인 건, 세상에 과연 어묵을 먹는 정통적인 방법이란 게 존재할까 하는 것이다. 예를 들면 초밥집에서는 처음부터 참치 뱃살 두 접시를 연달아 먹는 것이 매너에 어긋나듯이, 처음부터 계란말이를 두 접시 계속 먹어대면 안 된다든가, 지쿠와와 한펜* 사이에는 다시마를 끼워넣는 것이 상식이라든가, 양배추 롤 다음에는 두부로 입가심을 해야 미식가라든가 하는, 소위 '어묵도道'라는 게 있을까? 아니면 양배추 롤 따위 애당초 미식가가 먹어서는 안 되는 음식일까? 잘 모르겠다. 적어도 나의 부모님은 어묵을 먹는 올바른 방법에 대해 아무것도 가르쳐주지 않았다.

안자이 미즈마루 씨는 이런 일에 제법 까다로운 사람이니 혹 함께 어묵탕을 먹으러 갔다가 나중에 "무라카미 씨는 이러니저러니 말은 많으면서 정작 어묵을 먹는 매너는 순 엉터리더군요. 곤약을 먹은 후에 은행을 먹다니 말입니다"라는 핀잔을 들을 것 같아 두렵습니다.

 나는 감자를 넣은 어묵탕을 무척 좋아하는데 도쿄에서는 전혀 찾아볼 수 없다. 어묵탕을 파는 포장마차 중에서는 에노시마의 다리 입구에 몇 군데 줄지어 있는 곳들이 조개 같은 것을 듬뿍 넣어 만들어 제법 맛있다. 후지사와에 살던 시절에는 점심때 곧잘 산책 삼아 에노시마까지 가서 먹었다.

* 어묵의 일종. 보통 어묵이 기름에 튀겨낸 것인 데 비해 한펜은 쪄낸 것이라 한층 부드럽다.

한신 사이 키드

내가 태어난 곳은 정확히는 교토지만, 곧바로 효고현 니시노미야시 슈쿠가와란 곳으로 이사했다가, 다시 같은 효고현 아시야시로 이사를 했다. 그러니까 고향이 어디라는 게 명확하지 않으나, 십대를 아시야에서 보냈고 부모님 집도 거기 있으니 아시야 출신이라 보는 편이 맞을 것이다. 진심을 말하자면 좀더 막연하게 '한신阪神 사이'라고 하면 좋겠는데, 이 '한신 사이'라는 말의 뉘앙스에는 간사이 관계자가 아니면 얼마간 이해하기 어려운 부분이 있다.

하기야 같은 '아시야'라도 내가 자란 곳은 지금 화제로 들끓고 있는 '부잣집 아가씨 붐'의 아시야가 아니고 '지극히 평범한 주택가' 아시야라서, 솔직히 '아시야 출신입니다'라고 말하기

난처한 구석이 있다. 어쩐지 부끄럽다. 우리집 근처는 유괴를 당할 듯한 순간에 크게 소리를 쳐대면 사람들이 우르르까지는 아니더라도 너덧 명은 뛰어나올 듯한 아주 평범한 주택가다.

이전에 덴엔초후 출신 남자에게 그런 얘기를 했더니, 그도 "그렇다니까, 정말 그래" 하고 동의를 표해주었다.

"우리집은 덴엔초후에서도 가난한 축이었는데, 태어나서 자란 곳이 덴엔초후라고 하면 아무것도 모르는 사람들이 '야, 굉장하군요' 한다니까. 답답한 노릇이지."

정말 그럴 것 같다. 당최 나 같은 사람은 아시야에서 십대를 보내면서도 '공주님' 같은 여자애와 단 한 번도 얘기를 나눠본 기억이 없다. 아시야에 관해 지금도 선명하게 기억하고 있는 게 있다면 한밤중에 곧잘 집을 빠져나가 해안에서(지금은 없어지고 말았지만) 친구들과 술을 마시며 모닥불을 피웠던 것 정도다. 하나 그런 건 딱히 아시야가 아니더라도 바다만 있으면 어디서든 가능한 일이다.

그래서 나는 줄곧 "고향이 어딥니까?" 하는 질문에 "고베 쪽입니다"라고 대답해왔는데, 그러면 또 "고베요, 좋은 곳이로군요"라는 말이 돌아올 때가 많다. 어쩐지 그것도 뒷맛이 개운치 않아 최근에는 "효고현 남부입니다"라고 대답한다. '효고현 남부'라는 호칭은 왠지 일기예보 같고 명확해서 은근히 맘에 든다. 그러나 고향이 어딘지를 밝히기 위해 한참 고민해야 한다는 건 성가신 일이 아닐 수 없다.

나는 개인적으로 아는 사람이 많은 동네를 그다지 좋아하지 않아 고향으로 돌아가 살고 싶은 생각이 아예 없지만, 도쿄에서 대학을 나오고 도쿄에 있는 회사에 취직해 결혼하고 자리를 잡은 '한신 사이' 출신 친구들이 요즘 들어 하나둘 신변을 정리하고는 간사이로 돌아가기 시작했다. 문득 주위를 둘러보니 내 고등학교 친구 중 아직도 도쿄에 있고 연락이 닿는 친구는 딱 한 명밖에 남지 않았다.

그들이 귀향하는 이유를 대략 요약하자면 '아이들도 제법 컸고, 도쿄보다 한신 쪽의 주거환경이 훨씬 좋은데다, 이제 슬슬 마음이 통하는 동네에서 느긋하게 살고 싶다'는 것인 모양이다. 대부분의 회사에 간사이 지사(혹은 본사)가 있으니까 도쿄를 떠난다 해도 생계가 곤란해질 우려는 없다. 한신 사이 출신들은 이런 편리함 내지는 믿는 구석이 있기에 도쿄에 와서도 맹렬하고 활달하게 일하지 않는 게 아닌가 싶을 때도 가끔 있다. 물론 열심히 애쓰는 사람도 있겠지만 실제로 본 적은 없다. 내 친구와 지인만 그런 건지도 모르겠으나 다들 비교적 느긋한 성격이라 술을 마시고 행패를 부린다거나 남을 물고 늘어지는 일이 거의 없다. '뭐 어때' 하는 정도로 대부분의 일이 수습된다.

로런스 캐스단 감독의 〈새로운 탄생〉이라는 영화가 있다. 1960년대 키드가 십몇 년 만에 재회해 그동안 쌓인 사랑과 증오에 뒤엉킨다는 내용의 동창회물이다. 만약 같은 설정으로 한신사이 출신들을 주인공으로 기용했다면, 그 영화는 그렇게 애증이 엇갈리는 작품이 되진 않았을 것이다.

"오랜만이야, 요새 뭐하는데?"

"소설 쓰고 있어."

"소설 쓰는 것도 힘들겠지?"

"그렇지 뭐."

"그래, 건강하고, 잘해봐."

이렇게 한가로운 분위기에서 영화가 끝나고 말 것 같다. 오모리 가즈키가 〈새로운 탄생〉을 리메이크한다면 이 노선에 근접할지도 모르겠다.

얼마 전 아시야로 돌아간 친구와 오랜만에 도쿄에서 만나 한신 사이에 대한 여러 정보를 들었다.

"지난번에 우리 어머니가 신문에다 가정부 모집 광고를 냈더니 스물대여섯 명이나 신청을 했지 뭐야. 그래서 아시야 시민회관을 빌려서 면접을 치렀더랬어"라고 그는 말한다. 가정부 면접을 치르는데 시민회관을 빌리다니, 스케일이 크다고 할까, 기개가 대단하다고 할까, 좌우지간 굉장하다.

"그래서 어머니 혼자 하기 힘들다고 해서 나도 따라갔거든. 스물몇 명이니까 얘기하는 것만으로도 피곤하더라고."

그의 얘기에 따르면 그 스물몇 명 중에는 '왜 이런 사람이?' 싶을 만큼 아름답고 이지적인 사람도 있어, 딱 한 사람만 고르는데 상당히 애를 먹었다고 한다. 나도 한번 아시야 시민회관에서 가정부 면접을 해보고 싶다. 미즈마루 씨도 해보고 싶죠?

고쿠분지와 시모다카이도 사이의 수수께끼

나는 대개 수월하게 잠드는 편이다. 이불을 뒤집어쓰면 다음 순간 돌처럼 푹 잠드는 타입의 인간인 것이다. 금방 잠든다, 잘 잔다, 어디서나 잘 수 있다가 내 잠의 3대 특징인데, 어렵게 잠드는 사람들은 이런 걸 보면 적잖이 불쾌한 모양이다.

나만 해도 나보다 빨리 잠드는 인간을 보면 — 그런 일은 극히 드물지만 — 저 자식 뭐야, 하고 생각한다. 며칠 전 처남이 우리 집에 놀러와 함께 술을 마시다가 열한시쯤 "이제 그만 잘까" 하고 각자 잠잘 방으로 헤어졌는데, 문을 닫자마자 두고 온 물건이 생각나 손님방으로 가보았더니, 그는 벌써 코를 드르렁거리며 숙면에 빠져 있었다. 그사이가 십 초 정도였다. 암만 나라도 잠드는 데 이십 초는 걸린다.

그래서 아내에게 "저놈 머릿속 텅 빈 거 아니야?"라고 혀를 차며 말했더니, "당신은 뭐 다른 줄 알아" 하는 타박을 받았다. 지나치게 건강한 인간은 곁에서 보면 정말 바보 같다.

하긴 나 역시 옛날부터 시종일관 잘 잤던 건 아니고, 젊은 시절에는 새벽녘까지 한숨도 못 자는 시기도 있었다. 이렇게 의식을 잃은 양 푹 자게 된 것은 소설을 쓰기 시작하면서부터다. 어쩌면 원래 뭔가를 쓰는 데 적합한 체질이었는지도 모르겠다. 혹은 심오한 내면적 성찰이 결여된 소설을 쓰는 덕분인지도 모른다.

그렇다고 내게 정신적 스트레스가 하나도 없다는 뜻은 아니다. 산처럼 많은 것은 아니지만, 전혀 없지도 않다. 해치워야 할 일도 산적해 있고, 얘기가 잘 통하지 않는 인간도 있고, 길을 걷다보면 자동차와 신호등이 너무 많아 짜증이 나기도 한다. 하지만 내 경우엔 정신적 스트레스와 잠이 전혀 다른 각자의 길을 걷고 있는 듯하다. 요컨대 '이건 이거고, 저건 저거다'라는 식이다. 1960년대에는 곧잘 여자애들이 "나도 널 좋아하기는 하지만, 아직은 그냥 좋은 친구이고 싶어"라는 말을 하곤 했는데(요새도 그런 여자가 있을까?), 좌우지간 뭐 그 비슷하게 나의 잠은 나의 스트레스에다 명확하게 선을 긋고 있다. 따라서 나는 기분좋게 푹 잠들 수 있는 것이다.

내게 잠이란 신선한 과즙을 담뿍 머금은 따뜻하고 부드러운

과일과 비슷하다. 이불 속에 들어가 '잘 먹겠습니다' 하는 기분으로 눈을 감고, 그 잠의 과즙을 쪽쪽 빨다가, 다 빨아먹고 나면 눈이 뜨이는 셈이다. 좀 이상한 표현일지 모르겠으나 정말 그렇게 느끼는걸요. 잠에 관한 한 나는 비교적 진지하다. 꿈 같은 것도 거의 꾸지 않고, 꾼다 한들 토막토막 난 조각만 간신히 기억날 따름이다.

그런데 도쿄로 이사오고 요 몇 달 사이, 이전보다는 어느 정도 또렷한 꿈을 꾸게 되었다. 아무래도 오랜만에 시골에서 도심으로 돌아와 약간 흥분 상태인 까닭이리라. 이제 곧 또 시골로 이사하면 다시 꿈을 꾸지 않게 될 것이므로, 최근에 꾼 꿈 세 가지쯤을 여기에 기록해두고자 한다.

① 12월 22일 '다눈박이 고양이'

나는 털이 북슬북슬한 커다랗고 예쁜 고양이를 무릎에 앉혀놓고 쓰다듬고 있다. 나도 고양이도 충만하고 행복한 기분이다. 그런데 쓰다듬다보니 손가락 끝에 뭔가 딱딱한 감촉이 느껴진다. 뭘까 하고 털을 갈라보니, 그게 눈 아니겠는가. 아니? 놀라 고양이의 몸을 살펴보니까, 있다 있어, 온몸에 눈이 쫙 깔려 있다. 전부 서른 개나 마흔 개쯤 될까…… 하는 장면에서 페이드아웃.

(주: 꿈과 관계없을지 모르겠는데, 이 꿈을 꾼 날의 저녁식사

는 말린 전갱이와 온두부였다.)

②1월 8일 '고쿠분지, 시모다카이도'

고쿠분지에 가려고 전철을 탔는데 창밖 풍경이 아무래도 다른 곳인 것 같았다. 이상하다 싶어 내려보니 그곳은 시모다카이도였다…… 그뿐. 나는 시모다카이도에 가본 적이 없는데, 꿈속에서 본 시모다카이도는 조용하고 제법 좋은 동네였다.

(주: 이것도 꿈과는 별 관계 없겠지만, 그 전날 나는 아오야마 1가의 '르 콩트'에서 오랜만에 아이스크림을 먹었다.)

③1월 14일 '자전거 타이어 소동'

자전거를 타고 달리다가 앞뒤 타이어 모두 공기가 거의 빠져 있음을 깨달았다. 그래서 이거 어쩌나 하고 있는데 마침 자전거 가게가 눈에 띄어 공기펌프를 빌려와 열심히 공기를 넣었다. 그런데 어찌된 셈인지 앞 타이어에 공기를 넣으면 뒤 타이어 공기가 빠지고, 뒤 타이어에 넣으면 앞 타이어가 빠져버리고, 도무지 끝이 없다…… 여기서 페이드아웃.

(주: 그 전날 긴자에서 로베르 브레송 감독의 〈온순한 여인〉을 본 뒤, '미미우'라는 가게에 들어가 메추리알이 든 뜨끈뜨끈한 메밀국수를 먹었다.)

이렇게 한 달 사이 세 번이나 선명한 꿈을 꾸었다. 평소에 별로 꿈을 꾸지 않는 인간에게 선명한 꿈을 꾼다는 것은 꽤 지치는 일이다. 되도록 그런 꿈과 관계하지 않고, 잠의 과즙을 무아지경으로 쪽쪽 빨아먹으며 자고 싶다.

그런데 어째서 시모다카이도가 느닷없이 튀어나온 걸까? 전혀 짐작도 못 하겠다.

도쿄를 떠나자 정말로 전혀 꿈을 꾸지 않게 되었다. 제일 마지막으로 꾼 꿈은 우리집 고양이와 헤르베르트 폰 카라얀을 닮은 까마귀가 격투를 벌이는 꿈이었다. 말리려고 했는데 까마귀가 무서워서 말릴 수 없었다. 그뒤론 한 번도 꿈을 꾸지 않았다.

쓰레기의 시대

며칠 전, 일본에 온 지 얼마 안 된 오언이라는 스물두 살 미국 청년과 식사를 하면서 세상 얘기를 나눌 기회가 있었다. 소위 '탁상 대화'다. 나는 영어 회화를 그리 잘하지 못하기 때문에(그렇다고 일본어 회화는 잘하는가 하면 그것도 아니다) 이런 자리는 솔직히 말해 불편하지만, 그래도 외국인과 얘기를 나누다보면 신기하게 한 가지쯤은 '으음' 하고 고개를 끄덕이게 되는 게 있다.

이것은 딱히 외국인이 일본인에 비해 머리가 좋거나 감각이 뛰어나서가 아니라, 외국인과 일본인이 구사하는 표현의 발상이 약간 어긋나 있기 때문이라고 생각한다. 요컨대 같은 얘기를 하는데 표현방법이나 시점이 아주 조금만 달라도 그 내용까지 신선하게 느껴져 '으음' 하고 고개를 끄덕이게 되는 것이다.

오언 군은 일본에서 영어 회화를 가르치며 자신도 조금씩 일본어를 배우고 있는 꽤 성실한 청년이다. 일본의 텔레비전을 보면서 일본어 단어를 습득하고 있다기에 "일본의 텔레비전 프로그램을 어떻게 생각해?"라고 묻자, 그는 잠시 생각하더니 "글쎄요, 농담이라고 생각하고 보면 재미있지 않을까요"라고 진지한 얼굴로 대답했다.

그때는 나도 "음, 과연 그렇군" 하며 웃어넘겼는데, 시간이 흐르자 점점 그 '농담이라고 생각하고 보면 재미있다'는 표현이 텔레비전 프로그램뿐만 아니라 나아가 더 일반적인 상황에까지 부연될 수 있지 않을까 하는 생각이 들었다. 발언의 내용 자체는 놀랄 만큼 새로운 건 아닌데, '듣고 보니 정말 그렇군' 하고 신기하게 고개가 끄덕여지는 것이다.

그후로 나는 신문을 볼 기회가 생길 때마다 각양각색의 사건이나 상황, 유명인의 농담적 측면에 자연히 눈을 돌리게 되었는데, 그런 시선으로 주변의 풍경을 휘둘러보면 현재 세상을 시끌벅적하게 만드는 사건의 약 65퍼센트 정도는 영락없이 '농담이라고 생각하고 보면 재미있는' 영역에 들어갈 것 같기도 하다.

물론 그런 '농담으로 보면 재미있는' 사건의 하나에서부터 열까지 모두 농담이라고 말하려는 건 아니다. 카를 마르크스 씨가

지적한 대로 심각하게 시작해 농담으로 끝나는 종류의 세상사도 있고, 또 당사자들에겐 지극히 심각한 문제임에도 남에게는 완전히 우스갯소리로밖에 안 보이는 것도 있다. 깊고도 진지한 우물에서 차갑고 맑은 물을 길어올려 익살의 잔에 따르는 예도 없지 않다.

구체적인 예를 들면 말썽이 나겠지만—이렇게 말하면서도 결국은 예를 들고 있지만—에티오피아 기근의 심각함은 인정해도 〈We are the World〉란 노래는 내 귀에 질 낮은 농담처럼 들린다. 그리고 살인사건이란 원래 심각한 것일 테지만, 지금 미우라 가즈요시를 둘러싼 그 야단법석을 농담 외의 다른 것으로 받아들이는 사람은 거의 없을 것이다.

스포츠도 그 자체는 엄숙한 것일지 모르겠으나, 일본 프로야구 따위는 어찌 보면 사회적 조크라 해도 별수 없지 않을까.

맛있는 음식을 먹는 것 자체는 좋은 일이지만, 오늘날의 맛집 가이드 붐은 역시 일종의 농담으로 봐야 할 것이고, 양복점을 운영하는 고급(혹은 고급스러운) 레스토랑 중에도 농담의 순수하고도 화려한 결정체라고밖에 할 수 없는 곳이 많은 듯하다.

이래저래 세상에는 수많은 형상과 크기를 지닌 불가사의한 것들이 넘쳐나고, 우리는 일일이 그것의 본질적인 성립과정에 관계하기보다 — 그랬다간 몸이 남아나지 않을 테니까 — '농담으로 보면 재미있다'는 선에서 대개의 세상사를 흘려버리고 있는 듯하다. 그게 바람직한 일인지 아닌지는 잘 모르겠으나, 그러지 않고는 달리 이 '쓰레기의 시대'를 효율적으로 살아갈 방법이 없지 않나 싶기도 하다. 즉 정말 자신이 흥미를 느끼는 부분만 자기 힘으로 깊이 파헤치려 노력하고, 나머지 쓰레기는 농담이라 여기고 넘어가는 것이다.

분명 앞으로 몇 년에 걸쳐, 우리는 싫건 좋건 관계없이 그러한 삶의 방식을 강요받게 되지 않을까. 즉 구체적으로 말해 수평적 선택은 가볍게, 수직적 선택은 신중하게 하라는 뜻이겠는데, 그건 그렇고 1960년대는 점점 뒤로 멀어져가고 있군요.

하루키 연맹

일전에 어느 편집자와 만나 얘기를 나누는데 그가 나카노구에서 발견했다는 기묘한 벽보 얘기를 해주었다. 그 벽보에는 '하루키 구함'이라는 글자와 전화번호만 쓰여 있었다고 한다.

"뭡니까, 그게?"

"글쎄, 뭘까요?"

그도 고개를 갸웃하며 말했다.

"요컨대 하루키를 구하고 있으니까 전화를 달라는 뜻이겠는데…… 잘 모르겠군요."

"개를 찾는 건 아니겠죠?"

"네, 개라면 보통 품종이나 특징을 쓰게 마련이니까요. 역시 인간 하루키겠죠."

"그게 특정인 하루키일까요, 아니면 불특정한 하루키일까요?"

"흠, 모르겠어요. 뭐 어찌됐든 다음에 또 발견하면 전화번호를 메모해두었다가 알려드릴 테니, 직접 연락해보는 게 어떻겠습니까? 무슨 좋은 일이 있을지도 모르고."

"좋은 일이라니, 가령 어떤 거요?"

"글쎄요, 그건 상상이 안 되지만요."

여기서 얘기가 끝난 채 그뒤로는 그를 만나지 못했고, 전화번호도 아직 모른다. 따라서 물론 도대체 나카노구의 누가 어떤 목적으로 '하루키'를 구하고 있는지는 여전히 수수께끼로 남아 있다.

가장 하기 쉬운 추측으로는 '하루키'라는 이름만 들으면 온몸의 힘이 사르르 풀려버리는 나카노구에 사는 성욕과다 미녀가 밤이면 밤마다 '하루키'를 찾아서……라는 것이지만, 이름과 성욕이 정말 그럴 만큼 강렬하게 연결되는 것인지는 좀처럼 확신이 서지 않는다.

또하나 희망적인 추측은 대부호 노부인이 전쟁에서 죽은 자신의 아들과 이름이 같은 남자에게 막대한 유산을 물려주려 한다는 것인데, 현실에서야 그런 일이 있을 수 없다. 애거사 크리스티의 세계를 제외하면 돈 많은 노부인이 그렇게 엉뚱한 짓을 하지 않을 것 같기 때문이다. 그보다는 오히려 커트 보니것의

『SLAPSTICK』처럼, 누군가가 '하루키' 확대가족을 원할 가능성이 클 것 같다. 전국의 '하루키'가 한데 모여 맥주를 마시고, 노래를 부르고, 빙고 게임도 하면서 친분을 쌓는 것이다. 그러나 그런 모임이 과연 얼마나 재미있을지는 잘 모르겠다. 유례없이 재미있든가 시시하기 짝이 없든가 둘 중 하나겠지.

어쩌면 — 점점 상상력이 끝없이 부풀어가는데 — 이것은 중대한 범죄에 연관된 것일지도 모른다. 나카노구에 사는 어떤 범죄자가 코넌 도일의 『빨간 머리 연맹』을 읽고 '하루키 연맹'이란 걸 생각해낸 건지도 모른다. 나카노구에 사는 하루키를 전부 모아 열심히 백과사전을 베끼게 하고, 그사이 터널을 파서 은행을 습격할 작정인 것이다. 범죄 방식은 둘째치고, 빌딩의 한 방에 나카노구에 사는 '하루키'가 몇십 명이나 모여 다 함께 부지런히 백과사전을 베끼고 있는 정경은 흐뭇한 것이 제법 보기 좋다. 그런 곳에 아까 말한 성욕과다 미녀가 들어오기라도 한다면 완전 뒤죽박죽이 될 것 같다. 이렇게 상상하기 시작하자 점점 나카노구라는 곳이 무정부적인 장소로 느껴진다.

그건 그렇고 '하루키 구함'의 진상에 대해 아는 분이 계시면 〈주간 아사히〉로 제보해주십시오. 좋은 일이 있으면—그리고 그것이 만약 나눌 수 있는 일이라면—조금은 나누어드리겠습니다.

'좀 기묘한 얘기'를 계속하자면, 며칠 전 밸런타인데이 다음 날 아침 센다가야의 하토모리 신사 근처 길에, 하트 모양 대형 초콜릿 몇 개가 지근지근 짓밟혀 있었다. 상당히 무참한 광경이었다.

"이런 짓을 한 게 남자 쪽일까, 아니면 여자 쪽일까?" 아내가 그렇게 물었지만, 나도 잘 모르겠다. 남자가 한 짓이라면 안쓰럽고, 여자가 한 짓이라면 무섭다…… 이건 나의 편견일까?

물론 ①여자에게서 초콜릿을 잔뜩 받은 모 일러스트레이터가, 아내에 대한 사랑을 보여주기 위해 전부 짓뭉개버렸을 가능성도 있다.

그리고 ② 불단에 공양한 떡을 가르듯, 한 가지 의식으로 초콜릿 가르기가 정착했을 가능성도 생각해볼 수 있다. 여자가 남자에게 초콜릿을 선물하고, 그 덕분에 사랑이 성취되면, 그날 밤이 지나기 전 신사 근처에서 둘이 함께 초콜릿을 짓밟아버리는 것이다. 그러고는 '속편 밸런타인'으로 8월 14일에 남자가 여자에게 수박을 선물한다든가 말이죠. 그런 여러 부속행사가 있다면 재미있을 것 같다.

혹은 ③ 애인에게 초콜릿을 선물하려고 길을 가던 여자가 앞뒤에서 사자와 표범의 습격을 받았을 가능성도 있다.

④ 초콜릿인 줄 알았는데 씹어보니까 하트 모양 고형 카레였을지도 모른다.

이런 생각을 하다보면 하루가 눈 깜짝할 사이에 지나가버린다.

 '하루키 구함'의 진상은 여전히 수수께끼입니다. 나쁜 일이 아니라면 좋으련만.

장거리 주자의 맥주

봄이 가까워오면 왠지 모르게 장거리 레이스에 나가고 싶어져서, 며칠 전 '아스카 히나마쓰리 고대 마라톤'이란 데 출전했다. 출발 지점이 아스카무라의 이시부타이 고분 앞이고, 오니노마나이타와 아스카 절, 다카마스 총 등을 바라보며 42킬로미터를 주파하는 꽤 신나는 코스다. 날씨도 좋고, 따뜻하고, 이시부타이 고분 옆에 벌렁 누워 필립 로스의 『해부학 강의The Anatomy Lesson』를 읽으면서 출발신호를 기다리고 있으려니 마음이 평화롭게 누그러진다. 이제 봄이다.

마라톤 풀코스에 출전하는 것은 그게 세번째였는데, 두번째가 1983년 호놀룰루에서였으니까 42킬로미터를 뛰는 건 약 이 년 반 만인 셈이다. 호놀룰루 전해에는 아테네에서 역시 마라톤

풀 코스를 뛰었고, 시간이 나면 10킬로미터와 20킬로미터에도 간간이 출전했다. 하지만 호놀룰루 이후에 좀 생각한 바가 있어서, 한동안 레이스에 출전하는 건 삼가고 혼자 느긋하게 뛰기로 결심했다.

나는 몇 번을 뛰어도 세 시간 반 이하로 기록이 단축되는 법이 없는 '아주 평범한' 아마추어 러너니까 그리 잘난 소리는 할 수 없고 할 마음도 없지만, 굳이 개인적인 감상을 말하자면 이름 있는 시민 마라톤 대회는 해를 거듭할수록 비대해지고, 어떤 종류의 대회는 좀 지나치다 싶게 요란스럽다.

일본의 텔레비전 방송국이 마구 설쳐대는(이 표현이 딱 어울린다) 호놀룰루는 둘째치더라도, 좀 이름이 있다 싶은 대회면 꼭 참가자를 끌어모으는 부대행사를 열고, 기념 티셔츠를 선물로 주고, '무슨무슨 달리기 동호회'가 똑같은 유니폼을 입고 깃발까지 내세우고는 우르르 몰려들고, 그럴싸한 '완주증'을 나눠주고, 길기만 할 뿐 별다른 의미도 없는 개회식과 폐회식을 열고, 정말이지 불필요한 것이 너무 많다. 물론 그저 놀이라고 한다면야 할 말 없지만, 나는 그런 것들이 적잖이 성가셔서—그 세부적인 모습이 어쩌면 문학상 파티와 그리도 비슷할까—대회에 나가는 것을 당분간 삼가기로 한 것이다.

지금까지 출전했던 대회 중에서 가장 인상적이었던 것은 미국 워싱턴 D.C.에서 뛰었던 이름 없는 10킬로미터 레이스였다. 이 10킬로미터 레이스는 주말 아침 포트맥 강변에 있는 출발점에 가면 누구든 즉석에서 참가할 수 있는 지극히 부담 없는 대회로, 당연히 권위고 뭐고 없다. 참가자는 오륙십 명 정도에 연령은 천차만별, 다들 저 하고 싶은 차림으로 삼삼오오 모여든다. 접수대에 앉아 있는 여자에게 참가비 2달러(로 기억한다, 아마도)를 내면 "오, 예, 저기 있는 오렌지주스 마음껏 마셔요. 저쪽에 있는 롤 케이크도 좋을 대로 드시고요" 하고, 참가비를 냈다는 표시로 손에 꽝 하고 스탬프를 찍어주고, 노트에 주소랑 이름을 쓰라고 한다. 등번호나 심벌마크 같은 건 일절 없다. "그럼 슬슬 시작할까요. 자, 준비…… 출발" 하고 10킬로미터를 달리는 것이다. 다 뛰고 나면 "네, 몇 분 몇 초입니다"라고 가르쳐준다. 그러면 우리는 꿀꺽꿀꺽 오렌지주스를 마시고, 롤케이크를 먹고, 마지막까지 앞뒤를 다툰 아저씨와 악수를 하고 헤어지는 것이다.

물론 그렇다고 호놀룰루나 도쿄 오우메의 대회가 틀려먹었다는 얘기는 아니다. 호놀룰루는 나름 즐거웠고, 오우메도 가능하면 한번 뛰어보고 싶다. 하지만 나는 워싱턴 D.C.에서 참가했던 단순하고 꾸밈없는 경주가 아마추어 러너의 기본이며, 우리는 적어도 그 기본을 잊어서는 안 된다고 생각한다. 일본 각지에다

구태여 미니 호놀룰루 마라톤을 출현시켜야 할 필요성 따위는 전혀 없는 것이다. 반듯한 코스와 정확한 시계와 적절한 급수와 주최측의 따뜻한 배려가 있으면, 충분히 훌륭한 경주니까.

그런데 이 '아스카 마라톤'은 실제로 뛰어보니 이름과 어울리지 않게 상당히 힘든 코스였다. 아스카를 걸어본 적 있는 사람은 알겠지만, 이 부근은 유난히 울퉁불퉁 굴곡이 많은 지역이라, 언덕 하나를 넘으면 또 바로 다음 언덕이 나오고, 가장 높은 곳과 가장 낮은 곳의 낙차가 약 100미터는 된다. 그러니까 늘 평지를 달리던 감각으로 뛰다보면 후반에는 다리가 후들후들 떨리고 만다. 나는 원래 언덕길에 약한 편이 아닌데 요즘 들어 진구가이엔이나 쇼난 자전거도로 같은 평탄한 코스만 달린 탓에, 그 굴곡을 이기지 못하고 35킬로미터를 지난 지점부터는 언덕을 보기만 해도 그만 머리가 지끈지끈해져, 결국 오르막길에선 걷고 말았다. 정말 아쉬운 일이다. 이제부터 다시 크로스컨트리로 착실하게 단련해서, 가능하다면 다시 한번 그 코스에 도전해보고 싶다.

그러나 기록이야 어찌됐건, 42킬로미터를 완주한 뒤에 꿀꺽꿀꺽 단숨에 마시는 맥주의 맛은 그야말로 최고의 행복이라 표현해야 할 것으로, 이를 능가할 만큼 맛있는 것을 나는 달리 생각해낼 수 없다. 그러니까 대개 마지막 5킬로미터쯤은 계속 "맥주, 맥주" 하고 조그맣게 중얼거리며 달린다. 이렇게 가슴속까지 맛있는 맥주를 마시기 위해 42킬로미터라는 머나먼 길을 달려야 한다는 것은 때로는 좀 잔혹한 조건처럼 느껴지고, 때로는 아주 정당한 거래인 듯 느껴지기도 한다.

자, 이렇게 해서 일 년간 이어온 이 연재 칼럼도 이번 회를 마지막으로 한동안 쉬게 되었습니다. 애독—까지는 아니더라도—해주신 분들 감사합니다. 안자이 미즈마루 씨와 함께 또 지면으로 뵐 날이 오기를 바랍니다.

요즘 필립 로스의 소설이 갑자기 재미있게 느껴지는데, 그렇게 생각하는 건 나뿐일까? 그리 재밌다는 평판은 못 들은 것 같은데.

번외편

•

대담 무라카미 아사히도

무라카미 하루키

안자이 미즈마루

(참관인) 오카 미도리

1986년 4월 12일. 무라카미 댁에서

대담은 넙치, 돌돔, 새끼 방어 회를 안주로 정종 '은령입산'을 기울이며 진행되었다. 조촐하지만 이노우에의 한펜과 마카베의 두부도 한몫 담당했다.

오카 미도리 씨는 구가야마에 사는 수수께끼의 독신 여성이다.

하루키 음, 오늘은 이 책의 삽화를 그려주신 거장 안자이 미즈마루 씨를 모시고 삽화에 대한 얘기를 나누려 합니다. 우선 제일 먼저 말씀드리고 싶은 것은, 삽화 중에 제가 자동차를 운전하거나 제 방에 골프가방이니 안마 기계니 하는 게 놓여 있는 그림이 있는데, 그건 완전히 심술이죠?

미즈마루 아니, 어흠, 악의가 있어 그런 건 아니고, 그냥 하루키 씨가 절대로 처할 리 없을 것 같은 시추에이션을 그림으로 그려보고 싶어서요. 절대로 할 턱이 없는 것들을 은근슬쩍 그림에다 그려넣어보면 재미있지 않을까 싶어서 말입니다. 그런데 요전번에 부인한테서 들었는데, 그런 일로 제법 팬들로부터 문의가 온다면서요?

하루키 가끔 오는 모양이에요. '정말로 안마 기계를 사용하는 겁니까?'라든가.

미즈마루 놀랍군요. 그런 일이 다 있다니.

하루키 하지만 마지막 회 삽화(마라톤 세계기록)는 친절하고 호의적인 그림이었습니다.

미즈마루 그건 이제 마지막이다 싶어서, 음.

하루키 음.

미즈마루 그래도 전체적으로는 호의적이었다고 생각하는데요, 저는.

하루키 음, 전체적으로는 물론 그렇죠. 그런데 미즈마루 씨의 그림은 남자보다 여자 쪽에 호의적이지 않습니까? 대체로 남자한테는 시니컬하단 말이에요. 여자한테는 약하고.

미도리 후후후……

미즈마루 그런가, 그럴 리가요. 아, 그렇지, 바에서 여자를 지명하는 그림도 어디선가 그렸죠.

하루키 아, 그 그림은 너무했습니다. '무라카미 씨의 이미지와 다르다'는 편지가 올 정도였으니까요, 그러고 보니.

미즈마루 무라카미 씨는 그런 짓을 안 할 듯한 이미지죠. 딱히 나쁜 짓도 아닌데.

하루키 음, 그야 물론 인간의 도리에 어긋나거나 윤리에서 벗어나는 건 아니죠. 그건 그렇고, 이번 책에서는 우리 아내도 그림에 두 번 등장하지요. 꽤나 친절하게 그려주신 모양이던데.

미즈마루 곰곰 생각해보니까 부인과는 그렇게 자주 만나지 않았잖아요. 그런데 어떤 얼굴이었는지 잊어버릴 무렵이면 우연히 마주치곤 해요. 그러면 '맞아, 무라카미 씨의 부인은 이런 사람이었지' 하고 생각이 나는 겁니다.

하루키 얼마 전 오모테산도의 '에이코'에서 딱 마주쳤더랬죠?

미즈마루 음, 그때는 '어라, 무라카미 씨 부인하고 닮았네'라고 생각하고 있자니, 정말로 부인이어서…… 그랬죠. 그나저나 참

좋은 부인이에요.

하루키 미즈마루 씨는 정말 남의 아내 칭찬을 잘하십니다.

미도리 후후후……

미즈마루 하지만 귀엽잖아요. 오늘은 안 계셔서 좀 섭섭하지만. (※급한 볼일이 생겨 외출했기 때문에 내가 손수 요리를 해서 대접하고 있다.)

미도리 미즈마루 씨가 즐겨 그리는 여자와 타입이 비슷하죠, 머리가 길고 날씬하고.

미즈마루 타입만 보자면 말이죠, 어흠.

하루키 웨이브 머리 같은 게 별로 안 나오네요, 그러고 보면.

미즈마루 안 그립니다, 어려우니까.

하루키 그냥 그 이유뿐입니까?

미도리 하하하……

미즈마루 그래요, 어려운 것은 안 그립니다. 그러니까 자전거 따위 안 그리잖아요. 기계는 안 그린다고요. 어려우니까.

하루키 하지만 옛날 〈일간 아르바이트 뉴스〉에 로멜 장군 그림을 그린 적 있잖아요. 그거 어렵지 않았습니까?

미즈마루 그런 건 제법 좋아해요. 나치나, 제복 같은 것.

하루키 나치와 여자를 좋아한다……

미즈마루 꼭 영화 〈비엔나 호텔의 야간 배달부〉 같군요.

미도리 후후후…… 쿡쿡쿡……

하루키 그림에도 그때그때 때에 따라 이번에는 편하게 하자든가, 이번에는 좀 정성 들여 그려보자든가, 그런 게 있습니까?

미즈마루 대개는 아주 즐겁게 그립니다. 무라카미 씨의 원고는 대충 삼 회 분량 정도가 한꺼번에 내게로 오잖습니까. 그러니까 나도 한꺼번에 삼 회 분량 그림을 그리죠. 소파에 드러누워 '아— 재밌다, 재밌어' 하며 읽고는, '어흠, 이 부분을 그림으로 그려볼까' 하고 원고의 복사본에다 줄을 찍 그어놓고, 단숨에 그려버려요. 그래놓고 한꺼번에 건네주면 〈주간 아사히〉 담당자가 잃어버릴 것 같아서 한 회분씩 건네주지만 말입니다. 후후후.

하루키 저도 사실 이런 원고를 쓰면 미즈마루 씨가 틀림없이 이런 그림을 그리겠지 하고 예상하면서 쓰기도 하는데, 그런 예상이 별로 안 맞았어요.

미즈마루 그렇죠…… 나도 무라카미 씨가 이렇게 생각하고 있지 않을까 대충 짐작이 가기도 하는데…… 하지만 무라카미 씨의 원고는 아주 그리기가 쉬워요.

하루키 아, 그런가요.

미즈마루 개중에는 왠지 그리기 어려운 사람도 있거든요. 무라카미 씨 경우에는 음, 알아서 그림을 만들어갈 수 있는데, 간혹 원고 내용 그대로 그려야 하는 경우도 있잖아요? 읽어도 그림이 안 떠오르는 글도 있고 말이죠.

미도리 누굴까요? 녹음기는 끄고 잠깐……

미즈마루 아니 뭐, 그럴 것까지야, 후후후(얼버무린다).

하루키 미즈마루 씨와는 몇 번 콤비를 이루어 작업했는데, 주간지 연재(〈주간 아사히〉)는 상상외로 반응이 크더라고요. 가령 거 있잖아요, 도쿄에 와서 미즈마루 씨랑 〈소설현대〉의 미야다 씨에게 꼬임을 당했다는 얘기(「바빌론 재출현」).

미즈마루 네, 있었죠.

하루키 미야다 씨가 나중에 투덜거리는 거예요. 그런 얘기를 쓰면 주변 사람들이 안 좋게 본다고요. 미즈마루 씨도 그 일로 부인한테 꾸지람을 들었다던데……

미즈마루 음, 아내도 이 칼럼을 읽으니까요. 아내의 어머니도 읽고. 그런데 아내는 제법 직설적인 편이라 "당신 그렇게 나쁜 짓 하고 다녀?" 하는데, 아내의 어머니 쪽은 과연 신중해서 "저, 무라카미 씨가 가까이에 이사온 모양이던데"라며 은근하게 얘기를 꺼내시는 겁니다.

하루키 하하하하……

미즈마루 그게 더 무섭거든요, 어째.

하루키 찔리는 거로군요. 하지만 미즈마루 씨와 미야다 씨가 함께 있으면 상당히 나쁜 짓을 하는 것처럼 보인단 말입니다. 풍경상.

미도리 후후후후……

미즈마루 그나저나 무라카미 씨의 얼굴은 딱히 내 그림과 닮은 것 같진 않은데(※안자이 미즈마루라는 사람은 이런 식으로 화제를 바꾸는 데 매우 능숙합니다), 계속 그리다보니 무라카미 씨의 얼굴은 바로 이것이라는 기분이 들어요. 왠지 모르게 그런데, 뭔지는 알겠죠?

미도리 물론이죠. 뭐랄까, 그……

미즈마루 그 그림의 얼굴이 즉 무라카미 씨라고 돼버리는 거죠.

하루키 음, 겁나는군요.

미즈마루 그거 팔아볼까, 인형으로 만들어서.

하루키 아라시야마 인형, 하루키 인형 시리즈로 말이죠.

미즈마루 맞아요, 맞아요.

미도리 하하하하……

미즈마루 무라카미 씨의 얼굴은 약간 언짢아하는 분위기로 그리면 훨씬 좋거든요. 틀이 딱 잡힌단 말씀이에요.

하루키 입을 꽉 다문 듯한……

미즈마루 그래요, 그래요. 입을 꽉 다문 얼굴. 어금니를 꽉 깨문 거예요.

미도리 과연.

하루키 하하하하하……

미즈마루 필시 무슨 하찮은 일로 짜증을 내고 있겠지 싶은, 뭐랄까, 제멋대로 토라져 있는 듯한…… 그렇게 약간 기분 나빠하는 얼굴을, 눈썹을 약간 구부려서 그리면 굉장히 닮았단 말씀이에요.

미도리 흐음.

하루키 아무래도 미즈마루 씨가 그리는 얼굴 그림은 여자보다 남자 쪽이 더 리얼리티가 있어요.

미즈마루 그렇다기보다, 남자는 조금만 비슷해도 본인이 "닮았군요"라고 말해주는 경우가 많아요. 그런데 여자는 정말로 비슷하지 않으면 "여기가 나랑 달라요"라는 둥 따질 때가 많죠. 그러니까 그림을 보는 눈이 남자와 다른 거예요. 따라서 좀 안 닮았어도 좌우지간 예쁘게 그린다든지, 은근히 그럴 때가 많습니다.

하루키 친절하군요.

미즈마루 친절하죠.

하루키 무슨 흑심이 있는 건 아닙니까?

미즈마루 그런 건 흑심이라고 하지 않아요.

미도리 후후후……

하루키 그러니까 요약하자면, 리얼하게 그려서 불평을 듣는 것보다 예쁘게 그려서 좋은 소릴 듣는 편이 좋다는……

미즈마루 으음. 여자란 말씀이죠. 닮지 않았어도 조금 예쁘게 그려주면, 내 얼굴이 이런가 하고 좋아한다고요. 보는 방식이 달라요(※대답이 안 된다).

하루키 그리고 또 어떤 사람들 얼굴을 그렸죠?

미즈마루 아라시야마, 가와모토 사부로……

하루키 가와모토 씨 그림은 본 적이 없는데요.

미즈마루 무라카미 씨랑 별다를 바 없어요. 차이점이라면, 가와모토 씨의 경우는 이렇게 뒷머리를 길게 그리죠. 그 사람 머리가 좀 길잖습니까. 그러고는 눈썹을 약간 처진 느낌으로 그리는 겁니다.

하루키 흐음, 흐음.

미즈마루 눈은 똑같아요. 여기 검은 점.

하루키 그러고 보니 누군가에게 "가와모토 씨와 형제입니까?" 란 질문을 받은 기억이 나는군요.

미도리 하하하하……

미즈마루 그렇군요, 나란히 있으면 그렇게 보일지도 모르겠습니다.

하루키 모든 문학평론가와 형제가 되진 않을지(웃음). 그리고 다나카 고미마사 씨도 그렸죠. 야마모토 마스히로 씨도 그렸고.

미즈마루 음, 마스히로의 경우도 기본적으로는 마찬가지예요.

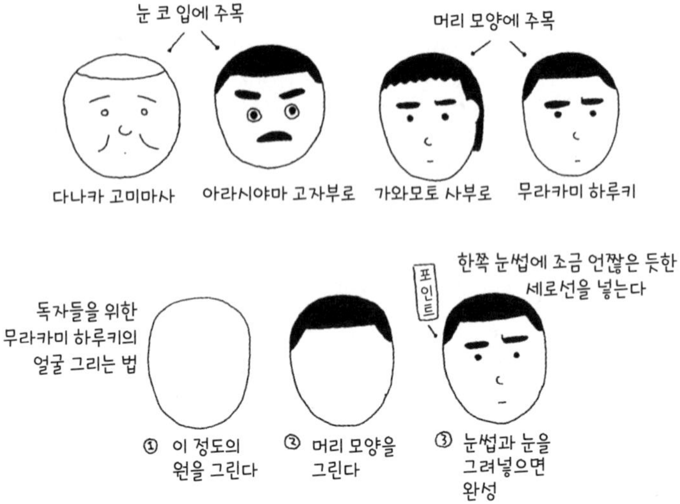

수염만 덧그릴 뿐. 나는 대체로 얼굴 그림에 서툴고 잘 그리지도 않습니다. 단 이 경우는 삽화니까, 글을 읽는 사람들이 그렇게 생각하면 그만이라는, 그런 안일함이 있죠. 그냥 그렇게 봐주십시오, 라고 말입니다. 심할 때는 화살표로 이름을 써주기도 하고.

미도리 하하하…… 하지만 어찌된 셈인지 읽는 편도 곧 받아들이고 말죠. 미즈마루 씨 그림은.

미즈마루 그러니까 아라시야마 같은 사람은 "난 그런 얼굴이 아닌데 미즈마루 씨가 동그랗게 그린 바람에 그렇게 돼버렸다"고 말하죠. 자연이 예술을 모방했다고나 할까요. 예전에 야마후지 씨한테는 이런 말을 들었습니다. "미즈마루 씨의 얼굴 그림은 시적 재능이 없는 인간은 이해할 수 없다"고.

하루키 칭찬이로군요?

미즈마루 음, 글쎄요?

미도리 하하하하……

미즈마루 그건 그렇고, 야마구치 시모다마루가 얼마 전에 하라주쿠에서 우연히 무라카미 씨의 부인을 만났다면서요?

하루키 음, 그런 얘기 했더랬습니다.

미즈마루 그런데 야마구치 씨는, "무라카미 씨 부인이 말이에요, 내가 아, 요코 씨, 하고 말을 걸었더니, 몸을 뒤로 쭉 빼는 거 아니겠어요" 하고 한탄을 하더군요.

하루키 아내의 기분도 알 만해요. 깊은 이유는 없지만.

미즈마루 "전 그렇게 나쁜 짓 안 하는데"라고 합디다. 했다가는 큰일이죠.

하루키 그나저나 시모다마루 군에게도 번듯하게 아이가 생겨 다행스럽습니다. 미인 부인과 사내아이와 에비스의 맨션에서…… 행복한 인생이니 축하해줘야겠어요. 축복해주고 싶어.

미즈마루 아이 이름이 야마구치 고헤이라더군요.

하루키 그 녀석, 지금 정력제 광고 일을 하거든요. 그래서 샘플을 주더라고요.

미즈마루 아, 그거 나도 받았어요.

하루키 미즈마루 씨에게는 줄이는 약을 주라고 했는데.

미도리 하하하하……

미즈마루 일단 먹어보긴 했는데……

미도리 벌써 먹었단 말이에요?

하루키 일흔 살이 될 때까지 그냥 보관해두라던데 말이에요. 뭐, 상관없겠죠. 음, 슬슬 머위순 밥이 다 된 것 같으니까, 오늘은 이쯤에서.

미즈마루 좀더 얘기하고 싶은데.

하루키 다음에 또 얘기하죠.

미도리 후후후……

옮긴이 **김난주**
일본문학 전문 번역가. 경희대학교 국문과를 졸업하고 동 대학원을 수료했다. 쇼와여자대학교에서 석사학위를 취득했고 이후 오쓰마여자대학교와 도쿄대학교에서 일본 근대문학을 연구했다. 옮긴 책으로 『냉정과 열정 사이』 『키친』 『창가의 토토』 『TV피플』 『소설가의 각오』 『천 년 동안에』 『겐지 이야기』 등이 있다.

문학동네 세계문학
세일러복을 입은 연필

1판 1쇄 2012년 7월 5일 | 1판 12쇄 2021년 3월 17일
2판 1쇄 인쇄 2023년 5월 11일
2판 1쇄 발행 2023년 5월 18일

지은이 무라카미 하루키 | 옮긴이 김난주
책임편집 양수현 | 편집 황문정 박아름 | 독자모니터 박미진
디자인 윤종윤 강혜림 | 저작권 박지영 형소진 최은진 오서영
마케팅 정민호 김도윤 한민아 이민경 안남영 김수현 왕지경 황승현 김혜원
브랜딩 함유지 함근아 박민재 김희숙 고보미 정승민
제작 강신은 김동욱 임현식 | 제작처 영신사

펴낸곳 (주)문학동네 | 펴낸이 김소영
출판등록 1993년 10월 22일 제2003-000045호
주소 10881 경기도 파주시 회동길 210
전자우편 editor@munhak.com | 대표전화 031) 955-8888 | 팩스 031) 955-8855
문의전화 031) 955-1927(마케팅) 031) 955-2684(편집)
문학동네카페 http://cafe.naver.com/mhdn
인스타그램 @munhakdongne | 트위터 @munhakdongne
북클럽문학동네 http://bookclubmunhak.com

ISBN 978-89-546-9268-7 04830
978-89-546-9265-6 (세트)

잘못된 책은 구입하신 서점에서 교환해드립니다.
기타 교환 문의 031-955-2661, 3580

www.munhak.com